KEITAI
SHOUSETSU
BUNKO
SINCE 2009

野いちご

俺が愛してやるよ。

SEA

スターツ出版株式会社

イラスト／七都サマコ

"愛"なんてものとは、一生、無縁だと思っていた。
　だけど、そんなあたしの世界に、
「俺が愛してやるよ」
　眩しいほどの光が差し込んだ。

　愛を知らない高校２年生、綾瀬結実。
　暴走族【朔龍】のメンバーで次期総長と言われている、相島統牙。

「信じらんねぇなら、それを俺が証明してやるよ」
「お前の居場所は俺の隣。わかった？」
　あたしの孤独や悲しみが全部、彼の大きな"愛"に包まれた時……。
　あたしの世界が変わる。
　そんな気がしたんだ……。

俺が愛してやるよ。
登場人物紹介

綾瀬結実（あやせゆい）
家にも学校にも居場所がない、孤独な高校2年生。ずっと心を閉ざして生きてきたけれど、統牙と一緒に住むことになって…？

千香（ちか）
結実と同じ高校に通っていた16歳。見た目は派手だけど、結実が心を開ける数少ない存在。

菜摘（なつみ）
18歳。美人で、何かと結実を気にかけてくれる、拓哉の彼女。以前、統牙にフラれている。

相島統牙(そうじまとうが)

暴走族【朔龍(さくりゅう)】の次期総長と言われている17歳のイケメン。帰る場所をなくした結実を助けてくれた。

仁(じん)

メンバーから尊敬と厚い信頼を得ている朔龍の総長で、18歳。男気があり、冷静沈着。

拓哉(たくや)

朔龍の副総長で、仁と同じ年。チャラそうに見えるけど、じつは熱い男。菜摘の彼氏。

☆ contents

第1章

あたしの生まれた日 　　　10

出会い 　　　40

俺が愛してやるよ 　　　47

暴走族―朔龍― 　　　78

第2章

世界が変わる瞬間 　　　116

かけがえのない存在 　　　136

あたし以外の大事な人 　　　154

過去 　　　163

第3章

大事なもんは命懸けて守んだよ 　　　178

家族の形 　　　194

さよならと裏切り 　　　216

すべてを守るために 　　　227

第 4 章

見つけた愛する意味　　　238

誕生日プレゼント　　　244

ずっと、愛してる　　　253

番外編

変わらない気持ち　　　266

あとがき　　　284

第1章

あたしの生まれた日

　今日は11月1日。
　あたし……綾瀬結実にとっては特別な日だ。
　だけど、そんな日もこの家族にとってはなんでもない1日なんだろうな。
「お母さ……」
「ママー？」
「どうしたの？　志穂」
　妹の志穂の声で、あたしの声はかき消された……。

　あたしの家族構成は、ちょっと複雑。
　あたしのお母さんはあたしが幼い頃に一度離婚して、そのあと別の男の人と再婚した。
　だから、今のお父さんとあたしは血が繋がっていない。それどころか、前のお父さんとも血縁関係はない。
　あたしの実の父親は、お母さんが最初の結婚をする前に付き合っていた人なのだ……。
　しかも、その人には奥さんがいたそうで、あたしは"不倫の子"。
　つまり……イケナイ愛からできてしまった子ってこと。
　一方、志穂はお母さんと今のお父さんとの間にできた子どもで、あたしとは異父姉妹になる。
　こうした家庭事情もあって、愛されるのはいつも志穂。

——あたしは、イケナイ愛からできてしまった"いらない存在"。

　物心ついた頃から、そう思わずにはいられなかった。

　志穂とあたしは2つ年が離れていて、あたしは高校2年生で志穂は中学3年生。

　ニコニコと仲よさそうに話している志穂とお母さんの横をスッと通りすぎて、玄関に向かう。

　志穂のことは嫌いでもないし、好きでもない。

　ただ、私が小学校高学年になったころから、徐々に話さなくなり、今ではまともに目を合わせることもない。

　今のお父さんも決して悪い人ではないから嫌いでも好きでもないけど、必要最低限のことしか話さない。

　あたしの家族は、まるであたしのことを空気のように扱っている。

　それが、ずっと続いている感じ。

　履き慣れたローファーを雑に履いて、ガチャッと荒々しくドアを開ける。

　親に対して怒っているわけでもないし、志穂に嫉妬しているわけでもない。

　それに、今さら愛されたいとも思わない。

　だけど、あたしの心の中は空っぽで、いつもその穴を埋める何かを探している。

　自分が生きている意味さえ、最近はよくわからない。

　ふと空を見上げると、いつもは青く透き通っている空が

今日はどんよりとしていて、見ているだけで気分が下がりそうなほど灰色。
　最悪……雨、降りそうじゃん。
　あの雲の上に行けたらラクになれるのかなぁ……なーんてね。
　傘……持っていこうかな。
　そう思って傘立てに手を伸ばしたけど、結局は傘を持たずに駅へと向かって歩き出した。
　あたしが雨に濡れて風邪をひいても、どうせ誰も心配してくれない。
　そもそも、あたしが風邪をひいたことに、この家の人たちは気づかないかも。
　そんなことを思いながら、憂鬱な気分で学校へと電車で通学する。
　家から電車で15分ほど行ったところにある、このあたりでは有名な女子校。
　青春なんてものは求めていなかったし、家からほどよく近いことから選んだ高校。

　学校へつくと、教室はいつものようにガヤガヤとしていてうるさかった。
　友達と楽しそうに話す人たちや1人で読書をする人……それぞれ自由な時間を過ごしている。
　そんな中、あたしは自分の席に静かに腰を下ろす。
「ねぇねぇ、綾瀬さん」

どのクラスにも1人はいると思う、リーダー的存在の女の子が話しかけてきた。
　あたしは黙って首をかしげると、ガンッ！と思いきり机を蹴られた。
　……何？
「あんたの妹、どういう神経してんの？」
　キッと鋭い目つきで睨んでくる女の子。
　でも、その目にはうっすら涙が溜まっていて、今にもこぼれ落ちそうだった。
「何？　あたしは何も知らないけど？」
　妹とは話もしないし目も合わせない関係なんだから、知るわけがなかった。
　ただ、あたしとは真逆の世界にいるかわいい志穂は、中学生でも大人っぽくて人気者だしモテるので、このあたりでは割と有名。嫉妬した女の子から恨みを買ってしまったのだろう。
　そんなことを思っていると、案の定……。
「人の男、奪っといて何が知らないよ！」
「いたっ……」
　女の子は叫ぶように言い放つと、あたしの髪の毛を掴んでグッと引っ張った。
　まわりにいるクラスメートは助けてくれることもなく、ヒソヒソと話しながら見物しているだけ。
　どうせ、心の中では笑っているんでしょ？
　でも……何もしていないあたしがなんでこんな目にあわ

なきゃいけないの……っ。
「謝んなさいよ……!!」
　なんで、あたしが謝らないといけないの？
　志穂は無自覚なところがあるから、こういうことはこれまでも何回かあったとはいえ、あんたがフラれたのは、あんたの彼氏が志穂を好きになったからでしょ？
　そう思いながらも、言い返したらもっと彼女が怒るとわかっていたから必死に耐える。
　少しすると彼女は子どものようにワンワンと泣き出し、あたしの髪から手を離した。
　これじゃあ、まるであたしが悪いみたいじゃない。
　悪いのは確実に、髪を掴んできたこの子なのに。
　髪の毛はただでさえ湿気でくしゃくしゃだったのに、引っ張られたせいで余計に乱れてしまった。
　最悪すぎる……。
　今日は、とことんツイていない。
　行き場のないイライラばかりが募る。
「あなたたち、何をやっているのっ!?」
　しかも、運悪く先生が駆けつけてしまった。
　今日のあたしは本当にツイてなさすぎる。
　ムッとしたあたしと、泣きじゃくる女子。
　今の状況を見れば、あたしが先生に怒られるパターンだ。
「うぅ……ぐすっ……」
　あたしの目の前で、シクシクと泣いている彼女。
　この子を泣かせているのは、あたしなの？　それとも、

志穂?

　考えなくてもわかることなのに、悲しげに涙を流している彼女を見ていると、あたしが悪いような気がしてくるから不思議だ。

　先生はその子の背中を優しく撫でて、保健室へ行くように指示した。

　保健室に行きたいのはあたしなんですけど。

　まあ、この学校にあたしの味方なんていないから、そんなことを言っても無駄でしかないから言わない。

　泣いていた子が教室を出ていくと、先生はあたしの目の前に立ち、濃いメイクが施された目でジッとあたしを見つめてくる。

「昼休み、職員室に来なさい」

　先生の目は呆れたような軽蔑するような冷たい目で、あたしを睨んできた。

　この目を向けられるのは、もう何回目?

　そのたびに、あたしは"いらない存在"なのだと実感させられる。

『あたしは被害者なんです!』

　そう言いたいのをグッと我慢して「はい……」と返事をすると、あたしは自分の席へと戻った。

　どうせ信じてもらえない。

　だって、"いらない存在"だから。

　それを証拠に、騒動を見ていた子たちから、あたしを擁護する声も上がらない。

あたしは自分の席につくと、心の中でため息をついたのだった……。

　昼休みになり、職員室へ行くため教室を出ようとすると。
「あの子、最低だよねー」
「すっごい男好きらしいよ〜」
「えー、やだー……」
　女子特有の陰湿で残酷な言葉が飛び交う。
　さっきの騒動を見ていれば、どっちが悪いかなんて明白なのに、なんでこんなことが言えるのだろう。
　しかも、これまでには、誰がそんな噂を流したの？って聞きたくなるような噂だってたくさんある。
　だけど、いちいち問い詰めたり否定したりするのは面倒だから、あたしは聞こえなかったフリをして教室を出た。

　職員室に行き、担任に連れていかれたのは……なぜか校長室だった。
　担任のあとに続いて部屋に入ると、革製の黒いソファに背筋を伸ばして座るお母さん。
　なんでここにいるの……？
「お母様にも来ていただいたわ」
　あたしが驚きで目を見開いていると、担任の怒りを抑えた声音が室内に響いた。
　お母さんが来ていたことで、あたしはいつもの冷静さをなくしていた。

だけど、すぐに我に返り、無理やり平然を装う。
　親を呼び出すほど、大騒ぎすることだった？
　もしかして、心配して来てくれた……？
　なんてありえないことを思ってしまうのは、きっとあたしがまだ心のどこかでお母さんを想っているから。
「今回は、お騒がせして本当に申し訳ありませんでした」
　お母さんはソファから立ち上がると、そう言いながら先生たちに深々と頭を下げた。
　その態度は、あたしの淡い期待をズタズタに壊すのに十分だった。
　あぁ……心配して来てくれたんじゃないんだね。
　そもそも、どうしてお母さんが謝るの？
　それじゃあ、あたしが加害者だってことじゃん。
　あたしは何もしていないのに……。
　結局、お母さんは自分の名誉を守るために来たんだ。
　ちょっとだけ期待した自分が恥ずかしくなる。
　本当に愛されている子なら、子どものことをよく理解している親なら……『うちの娘がそんなことするはずありませんっ！』って言ってくれるのだろうなぁ……なんて、ドラマの見すぎかな？
「相手の生徒にケガがなかったからよかったものの……こういうことは困ります」
「本当に本当に申し訳ございませんでした……ほら、あんたも……！」
　あたしはお母さんに後頭部を押さえられ、無理やり頭を

下げる体勢にさせられる。
　こういう時だけ……母親ぶるんだ。
　いつも家では放置しているくせに。
「今回だけですよ……」
　校長は呆れたようにそう言った。
　あたしは……本当に誰からも必要とされていないし、いっそいないほうがいい存在なんだ。
　ゆっくりと顔を上げると、お母さんはあたしのほうを見るなり眉間にシワを寄せた。
　そして……。
　――パシンッ！
　一瞬、何が起きたのかわからなかった。
　ただ、左頬にジンジンと痛みが走り、お母さんに頬を打たれたのだとわかった。
「あんた、自分が何したかわかってるの!?」
　お母さんの目をジッと見つめると、氷のようにひどく冷たい瞳であたしを見ていた。
　それは、汚いものでも見るような目にも見えて……。
　さすがに、先生たちもこの状況は想像していなかったようで目を見開いてオロオロしている。
「お母さ……」
「『お母さん』だなんて呼ばないでっ！」
　"お母さん、ごめんなさい"
　そう言おうとしたのに、お母さんに遮られた。
『お母さんだなんて呼ばないでっ！』

それって、どういう意味……!?
　　あたしが言葉を失っていると……。
「あんたなんか産まなきゃよかった。一生の恥だわ」
　　その言葉は、あたしの壊れかけていた心をボロボロに砕き、完全に破壊した。
「あ、綾瀬さん……」
　　お母さんに向かってかけられる担任の声が、どこか遠くに聞こえる。
　　あたしは拳を握りしめながら、まだ少し興奮しているお母さんを見据えて、ゆっくり口を開く。
「……わかった……。もう、あなたの前には二度と現れない……っ」
　　そう言い放つと、気を抜いたら溢れ出そうな涙をグッと堪えながら校長室から出ていった。
　　後ろから先生たちの声が聞こえてきたけれど、無視して全力で走る。
　　今日ぐらいは……と、期待していた。
　　だって今日は、あたしの誕生日……。
　　だからこそ、守ってくれると期待してしまった。
　　だけど、そんな期待もあっさり裏切られ、さらに『産まなきゃよかった』という残酷な言葉で、あたしの胸は引き裂かれた。
　　どうして生まれてきちゃったんだろう。
　　誰からも祝われたことのない誕生日。
　　16年間ずっと1人ぼっちの誕生日。

でも毎年、今年こそは……と期待していた。
今朝だって、17年目は祝ってもらえるかも……なんて思っていた。
だけど、祝われるどころか、誕生日に生まれたことを否定されてしまった。
この世で、いちばん大好きだった人に……。
世界でたった1人の母親に。
あたしには、もう帰る場所もなければ、優しく慰めてくれる人もいない。
"愛"なんて、あたしには一生手の届かないものなんだ。

教室に戻ると、まわりから軽蔑した目で見られて、またコソコソ話をされる。
あたしはそいつらをキッと睨んでから、机の横にかけていたスクールカバンを肩にかけて教室を出た。
学校を出た途端に涙が溢れ始めたけど、拭うことなく全力で走る。
少しでも遠くに……あたしのことを知っている人がいないところに。
駅について適当な電車に乗り込むと、ガタンゴトンと揺れる電車がゆりかごのように気持ちよくて、泣き疲れていたからなのかすぐに眠ってしまった。
ハッと目が覚めた時、あたしの目の前には車掌さんが立っていた。
「お客さま、終点です」

「……え」
　完璧に寝過ごしてしまった。
　……でも、よかったかも。
　戻る場所もなかったことだし。
　そう思ったのもつかの間、車掌さんに一礼しながら電車を降り、すぐに傘を持ってこなかったことを後悔した。
　あたしの視界に入ったのはザーザーと降り注ぐ雨。
　それは、まるであたしの涙のような気がした。
　そういえば今日は雨が降りそうだったな……傘もないし行くあてもないし……どうしよう。
　それに、少し先に見えるのは、真っ暗い暗闇の中で眩いほどに光るネオン街。
　あたし……こんなところまで来ちゃったの？
　てか……ここ、どこ？
　外は暗いはずなのに、その街はギラギラと光っていた。
　たくさんのお店が見える。
　あそこに行けば……何か変わる？
　そんなことを思いながら、あたしは一歩一歩足を進め、駅から離れた。
　賑やかなネオン街の入り口についたけど、傘がないので、ずぶ濡れなあたし。
　どれだけ濡れたっていい。
　もう死にたい……。だってあたしは、誰からも必要とされていないんだから。
　あたし1人くらい、この世界から消えたって誰も悲しみ

やしない。
　生まれ変わって、素敵な家庭に生まれたい。
　誰かに、これでもかってぐらい愛されてみたい。
『あんたなんか産まなきゃよかった。一生の恥だわ』
　今日言われた言葉が刃物のように胸にグサリと奥深くまで刺さって、なかなか抜けない。
　不意に、堪えていた涙が溢れ出てきて……頬をツーッと伝う。
「うっ……ぐすっ……うぅー……」
　だけど、そんなのまわりから見れば、雨に濡れているからわからない。
　雨が降ってくれていたことに、少しだけ感謝した。
「お前、風邪ひくぞ」
　後ろから男の人の声が聞こえたと思ったその時、さっきまで体に降り注いでいた雨が急に遮られた。
　ビックリして後ろを振り向くと、そこには暗闇であんまりよく顔はわからないけど、なんとなくイケメンそうな人があたしの上に傘をさしてくれていた。
　だけどすぐに、彼から醸し出されているオーラにあとずさりしてしまいそうになる。
「いいんです……風邪ひいても……」
　そう言って、さしてくれている傘から出た。
　いっそ、風邪をひいて高熱で倒れて死んでしまいたいの。
「お前、何いってんの？」
　そんなことされたら気分が悪くなって、スッと去ってい

くのかと思いきや、その人は意外としつこくてなかなか帰ろうとしない。
「だから……！」
　反論しようとした時、彼の手があたしの頬へと伸びてきてあたしの頬を伝う涙を親指でそっと優しく拭った。
　その手は温かくて……凍りついた心まで溶かしてくれるような……そんな気がしたんだ。
　久しぶりに触れた人の温もり。
「泣いてる奴をほっとけるほど俺は腐ってねぇよ」
　少し呆れたように言った彼は、再びあたしを傘の中に入れた。
「あなたには関係ないですから……」
　あたしとあなたは赤の他人なのに、どうしてそこまで引き止めてくれるの？
　家族にまで見放されているあたしを……どうして赤の他人のあなたは引き止めてくれるの？
「こんなところで出会ったのも何かの縁だろうし、もう話しかけちゃった時点で関係アリだから」
　お気楽そうに言っている彼の表情は、夜の暗闇のせいでわからない。
　だけど、初めてこんなに優しい言葉をかけてもらったような気がする。
　それだけで、なんだか心があったかくなった。
「……」
「お前、家は？」

「……」
　何も言わないあたしに彼は質問を投げかけてくる。
「こんなところにいたら襲われちまうぞ」
　確かに今は暗いし、こんなガヤガヤしたところにはヤンキーみたいな人がたくさんいそう。
　この人もかなりヤンキーっぽいけど、他の人とは格が違うように感じる。
　身にまとうオーラがまるで違い、思わず怖じ気づいてしまいそうなくらいだ。
「別に……襲われてもいいです」
　でもそんなことよりも、とにかく、ラクになりたい。
　あたしの心の中はその思いだけだった。
「はぁ？　お前変わってんな」
「なんとでも言ってください……」
「ふーん……まぁ、今日は俺ん家に来いよ」
　そう言ってあたしの手首をギュッと握ると、あたしが濡れないように傘をさしながら歩き始める。
　そのおかげで、彼の肩は半分濡れている。
　この人は優しい人だなぁ……直感的にそう思った。
　だけど、すぐに我に返る。
「い、家なんて……無理です……!!」
　これまで彼氏はいたけど、どれも付き合っていたとは言えない関係だった。自分から好きになったわけじゃないし、なかなか心を開かないあたしにウンザリして、去っていくのだ。

だから、手を繋いだこともキスをしたこともない。家に連れていかれるなんて、もっと無理……!!
　考えてみれば、こんなことにも恐怖を抱いているのに、よくも『襲われてもいいです』なんて言えたもんだ。
「安心しろ。襲わねぇから」
「そ、そんなこと言われても……」
　信じられるわけないでしょ……!!
　そう抵抗したくても声が出ない。
　ほんとに、あたしこのまま……。
「よー、統牙。それ、新しい女か？」
　統牙……？　この人の名前か。
　いかにもチャラいって感じのゴツゴツした男の人が現れ、あたしを引っ張っている男の人に話しかけた。
「ちげぇよ。拾った」
　ひ、拾った……!?
　あたしはどっかの犬じゃないんですけど……！
「へぇ、かわいいじゃねぇか。今度、俺にもその子のこと紹介してくれよな」
　ニヤニヤと下心がこもった目で、あたしの体を下から上まで見るその男。
　き、気持ち悪い……。
　やっぱり、統牙って人も危ないんじゃ……。
　優しい人だと思ったのは、あたしの勘違いだったのかもしれない。
「わりぃけど、コイツはそんなんじゃねぇーの」

それだけ言うと、彼は歩くスピードを速めてその場から去っていった。
　あたしはただ彼についていくことしかできなかったけど、さっき彼があの男の人に言ってくれた言葉が頭の中でリピートされていた。
『わりぃけど、コイツはそんなんじゃねーの』
　ねぇ、君はどういう気持ちでそう言ってくれたの？
　あたしを……どういうふうに見てくれているの？
　どうして君があたしのためにここまでしてくれるのか。
　なんの目的や見返りを求めているのか。
　疑問はたくさんあった。
「ねぇ、どうして他人のあたしに優しくしてくれるの？」
　どれだけ考えてもわからないよ。
　ついさっき出会ったばかりなんだよ？
「人に優しくすんのに意味なんていんの？」
　彼の口から出た言葉は、あたしにとっては衝撃的で驚きすぎて言葉が出なかった。
　だって、みんなから好かれないと優しくなんてしてもらえないでしょ？
　あたしは嫌われているから優しくしてもらえないし、愛してもらえないのだと思っていた。
「それに、今にも壊れそうなお前のこと、放ってなんておけねぇよ」
　彼はそう言うと、怖そうな見た目からは想像もできないような優しい顔をして笑った。

「でも……」
　そんなことを言われたら、心が揺れる。
　どうしよう……信じてもいいのかな？
「お前が嫌なら俺は連れていかねぇ。だけど自分のこと、もっと大事にしろよ」
　あたしの頭にポンッ……と彼の大きくて男らしい手が置かれた。
　その手はとても温かくて、ちゃんと最後はあたしに決断を委ねてくれる彼を信じてみたくなった。
「……連れていって」
　そう言うと、彼はわかったとでもいうようにもう一度あたしの手首を掴んで微笑んだ。
　しばらく歩いて普通のマンションの前についた。
　高級って感じでもなければボロボロってわけでもないし、本当に普通のマンション。
　この人はここに住んでいるの……？
　家族とか大丈夫なのかな？
　心配なことはいっぱいあったけど、雨も降っていたからこのまま家にあげてもらうことにした。
「お前、だいぶ濡れてんな」
　彼が部屋の前で濡れた傘を畳みながら言った。
「それを言うなら、あなたも……」
　あたしのせいで、肩がびっしょりと濡れている。
　あたしを傘に入れてくれたから。
「俺はたいして濡れてねぇよ」

自分の着ている服を見ながら、畳んだ傘を扉の横に立てかけた。
　そして、ズボンのポケットから部屋の鍵らしきものを取り出すと、鍵穴に差し込みガチャリ、と開ける。
「ほら、入れよ」
　そして、ぶっきらぼうに言いながら先に部屋に入ると、あたしを部屋の中に招き入れた。
　恐る恐る、足を踏み入れた玄関にあるはずの家族の靴は１足もなくて、あるのは今風の男物の靴が何足かあるだけ。
　もしかして、父子家庭……？
「何してんだよ。早く入れ」
「わっ……！」
　玄関で立ち止まっていたあたしを不思議そうに見ながら、いつの間にか手にしていたバスタオルを投げてきた。
　投げられたバスタオルを反射的にキャッチしたけど、これはどうしたらいいの？
「それで濡れてる髪でも拭いとけ」
「えっ……？」
　嘘でしょ……？　これで拭いていいの？
　突然、渡されたバスタオルをジッと見つめる。
「安心しろ。ちゃんと洗ってるからキレイだぞ」
　いや……別にそんなことを聞きたいわけじゃなくて。
　なんで、自分よりも先にあたしなんかにタオルを渡してくれるの？
「いや……そんな……」

人とまともに話すのも久しぶりだから、なんて言えばいいのかわからなくて言葉に詰まる。
「はぁー……お前は髪の拭き方までわからねぇのかよ」
　彼はため息交じりにそう言い、あたしが手に持っていたバスタオルを奪うと、広げて、ワシャワシャとあたしの頭を拭いた。
「なっ……」
　こ、この人……なんか強引なんだけど……なんでこんなにドキドキするんだろう。
　少し濡れている髪の毛の間から見える切れ長な瞳が、ドクンッ、と胸を高鳴らせる。
　拭き終わると、ワサッとタオルを頭の上にかけられる。
　柔軟剤のいい匂いがする。
「いつまでそこで突っ立ってんだよ」
　そう言われて慌てて履いていたローファーを脱ぐと、靴下越しでもわかるほどの冷たいフローリングの上を歩く。
「お、お邪魔します……」
　人の家だもん。
　礼儀よくしとかなきゃいけないよね。
　いったい、どんな部屋なんだろう。
　見た目はチャラそうだし……部屋もギラギラしている？
　意外とかわいいぬいぐるみとか置いていたりして……あたしは変な妄想を膨らませながら、一歩一歩彼の後ろをついていく。
「ここがリビングで、あっちが俺の部屋」

俺の部屋って……家族の部屋とかは？
　不思議に思ってキョロキョロと部屋を見渡していると、
「ちなみに俺は１人暮らしだから」
　あたしの疑問を読み取ったかのように言った彼。
　あ、１人暮らしなんだ……。
　あたしはそう言われて少しホッとした。
　だって、家族なんていたらここにいづらい。
　どうりで靴も部屋も少ないわけだ。
　物も必要以上には置いていなくて、思っていたよりもスッキリとしたモノトーンな感じの部屋だった。
「そ、そうなんですか……」
「お前、風呂入ってこい。風呂はそこの角を曲がったところにあるから」
　そ、そんな急に言われてもなぁ……それに着替えだってないし……。
「着替えは俺の貸してやるから。……下着はないけどな」
　ええっ……!?
　そんなの困るんですけど……!!
　絶対、迷惑だろうし……。
　貸してもらっても申し訳ないし……。
「何だよ。ほらほら早く行け」
　背中を押されながら、お風呂場まで強引に行かされた。
　そして、お風呂場につくと、何もなかったかのようにそのまま去っていってしまった。
　なんなんだろ……あの人。

あたしをどうするつもりなんだろ……。
　そんなことを思いながら、きっとここから逃げ出しても無駄だと思ったから、お言葉に甘えてお風呂を使わせてもらうことにした。
　——チャポンッ。
　あったかいなぁ～……。お風呂のお湯が、冷えきっていた体を一気に温めてくれる。
　さすがに心までは温めてはくれないけどね。
　——ガチャ。
　突然、玄関の扉が開く音がした。
　あの人がどこかに行ったのかな？
　それとも……誰か入ってきた？
　それだったら嫌だなぁ。
　あんまり、人には会いたくない。
　それにしても、あの人すごい金髪だったな。
　あんな髪の毛の色だったら、みんなから見られるんじゃないのかな？
　でも、あの人なら見られてもキッと睨んで、やりすごしそうな気がするよ。
　そろそろ、上がろう～……。
　お母さん……探してくれているかな？
　ちょっとぐらい心配してくれているかな？
　そんなわけないか……。
　自分で思っておきながら、悲しくなってそそくさとお風呂から上がった。

脱衣所にはグレーのスウェットが置いてあった。
　　さすがに濡れた制服は着たくないし、せっかくだし貸してもらおう。
　　無事、着替え終わってさっき案内してもらったリビングのほうへと移動する。
　　貸してもらったスウェットがぶかぶかで、歩くたびにズボンの裾を床にすってしまう。
　　これ……あの彼のかな？
　　身長すごく高かったし……180cmぐらい？
　　あたしは女子でも背が高くて163cmはあるから、それぐらいだと思う。
　　それにしても、部屋中が真っ暗で、なぜかさっきまでついていた灯りはついていない。
　　電気をつけたいけど、電気の場所がわからない。
　　恐る恐る、足を進める……。
　　やっぱりこんなところに来るんじゃなかったのかな？
　　だんだん怖くなってきちゃった。
「お、お風呂から上がりました……」
　　そう言っても、返事がない。
　　やっぱり、どっか行っちゃったのかな……？
　　お風呂に入っている時、出ていく音がしたし。
　　やっとたどりついたリビングに入ると、
「パンッ!!」
「ひゃあ……!?」
　　急に大きな音がして火薬の匂いがした。

な、何……!?
　もしかして、拳銃……!?
　その瞬間、ボワッと光が見えた。
「え……ケーキ……?」
　光の正体は、ケーキに刺されたロウソクの火だった。
　きっと、さっきの音はクラッカー。
　その証拠に火薬臭かったし、紙ふぶきみたいなものが飛んできたし。
　不思議に思い、ケーキに近づく。
　ケーキは大きいホールの形をした豪華なものなんかじゃなくて、コンビニで売っているようなカットされたショートケーキが２個。
　その上にロウソクが２本立っていたのだ。
　なんのケーキ……？
「その火、消せよ」
　急に後ろからさっきの彼の声が聞こえてきた。
「へっ……!?　いつからそこに!?」
「はぁ?　さっきからずっといたっつーの」
　ほんとに……!?
　まったく気づかなかった。
「ほら、消せ」
　そう言って、あたしをまた急かす。
「でも、なんで……」
　なんでケーキ？
　誰かの誕生日かなんかなのかな？

それだったら、あたしと同じだなぁ〜……。
「３秒以内に消さないと、キスする」
　ええっ……!?
　き、キス……!?
　それは困る……と思い、
「フゥーッ!!」
　慌ててロウソクに息を吹きかけた。
　──こんな人生から抜け出せますように。
　そんな思いも込めて、たった２本だけのロウソクを吹き消した。
　その瞬間、部屋に灯りがついた。
　きっと、彼がつけたんだと思う。
「誕生日おめでとう。綾瀬結実」
　えっ……？
　彼の口から出た言葉が衝撃すぎて目を丸くして驚いた。
　なんで……なんでこの人があたしの誕生日を……？
　なんで、名前を知っているの？
「誕生日なんだろ？　今日」
　ふわっと優しい笑顔をあたしに向ける彼。
　ほっぺには小さなえくぼができていて、コワモテの雰囲気からは想像できないくらい、かわいらしかった。
　この人の顔……今までよく見ていなかったけど、ビックリするぐらいカッコいい。
　また、心臓がドクドクッと騒がしい。
「……なんで……っ」

「あー……わりぃ。濡れた制服を乾かそうと思って持ち上げた時、コレが落ちてきて中身を見ちまった」

そう言って、彼はあたしの制服の胸ポケットに入っていた生徒手帳をあたしに見せた。

そこにはあたしの情報という情報がすべて詰まっている、個人情報がパンパンの大切な手帳なのだ。

「わっ……！　返してくださいっ……！」

慌てて彼の手から生徒手帳を奪おうとしたけど、ひょい、と手を上げられてしまい取れそうにはない。

くっ……身長が高いからって……!!

彼は、慌てるあたしの様子を楽しそうに笑いながら見下ろしてくる。

「でも……お前、誕生日なのに家に帰んなくていいのかよ」

ギクッ……。

それは今のあたしにとって、いちばん聞いてほしくないこと。

家に帰りたくないからあんなところにいたんじゃん。

なんて思っても、この人は何も知らないんだから仕方がない。

何も言えずに俯いていると……。

「ふーん……。ま、とりあえずこのケーキ食べろよ」

そう言って、あたしをケーキの前に無理やり座らせた。

そして、彼もあたしの隣に座る。

そして、「いただきます」と言ってケーキを食べ始めた。

目の前には、手がつけられていないケーキ。

「あの……１つ食べないんですか……？」
　ケーキは２つあるから、１つは彼の分だと思うし。
　ケーキは真っ赤なイチゴの乗ったショートケーキ。
　イチゴを食べると、不思議と元気がわいてくる。
「お前が２つ食べろ」
「えっ……でも……」
「いいから」
　そんな……なんか申し訳ないな。
　しかも、ケーキを１人で食べるってなんか切ないし、寂しいな。
　あたしのイメージでは、みんなでワイワイ食べるものなのかと思っていたから。
　せっかくお祝いしてもらっているのに、贅沢(ぜいたく)な奴だなあたしは……。
「なんでそんな顔してんだよ」
　彼が、黙り込むあたしの顔をのぞき込む。
「えっ……別に……そんな顔って……」
「してる」
「いや……」
「なんだ？　寂しいのか？」
「いや、そんなことは……!!」
　図星を突かれて、慌てて否定したものの……。
「寂しいなら寂しいって言えよな」
　あっさり、見抜かれてしまった。
「あ、いや……」

「顔に書いてあるから」
　彼はそう言うと、あたしが持っていたフォークを強引に奪い取り、さっきまであたしが食べていたケーキを一口サイズぐらい分フォークで刺してパクッ、と食べた。
「うわぁっ……あっめぇ……」
　そして顔を歪(ゆが)ませて、そばにあったお茶をゴクゴクッ、と飲んだ。
「甘いの嫌いなんですか……？」
「うん」
　彼は、はっきりと頷(うなず)いた。
　えっ……!?
　嫌いなのに食べてくれたの……!?
「じゃあ、なんで食べてくれたんですか……!?」
　嫌いなものをわざわざ自分から食べるなんて……しかも、か、間接キス……。
　思い出しただけでも、ぽっと顔が赤くなる。
「1人じゃ寂しいんだろ？」
「でも、なんでここまで……!?」
　誕生日まで祝ってくれて……嫌いなケーキまで食べてくれて……どうしてあたしのためにそこまでしてくれるの？
「別に。お前が喜ぶ顔が見たかったけど全然喜んでくれてねぇみたいだな」
　なんで、あたしにここまで尽くしてくれるの？
　初めて正面からぶつかってきてくれた人。
「……っ」

初めて誰かと過ごした誕生日。
　初めて祝ってもらった誕生日。
　ずっと、1人ぼっちだったあたしの生まれた日。
　それに、今日……ついに母親にまで捨てられたこの日。
　それなのに、名前も知らない男の人に祝ってもらってこんなに嬉しいなんて……。
　今までずっと我慢していた涙が大量に溢れ出てきた。
「おいっ……!?　なんで泣き出すんだよ……!　俺は別に怒ってねぇぞ!?」
　あたしがいきなり泣き出すもんだから、さっきまで冷静で無愛想だった彼も慌ててあたしを慰め始めた。
「違う、んです……あたし……嬉しい、んです……っ」
「なんだ……嬉し泣きか?」
「は、いっ……」
「お前に何があったかはしんねぇけど、1人で泣いてねぇでここで泣けよ」
　——グイッ。
　腕を引っ張られて、すっぽりと彼の腕の中に包み込まれてしまった。
「えっ……!?　あの……っ」
　突然のことで訳がわからない。
　どうして、あたしは抱きしめられているの?
「いいから泣けよ。俺がそばにいてやるから」
　そばいてくれる……この人が……。
　ずっとじゃないってわかっているけど、嬉しくて……生

まれて初めて触れたような人の温もり。
「ぐすっ……うぅ……」
　あたしはその人の腕の中で、子どものようにワンワンと泣きじゃくった。

出会い

【統牙side】
　俺の腕の中でまるで子どものように泣く彼女を見て、ある日のことを思い出していた。
　その頃はまだ朔龍に入ったばかりで、ただひたすらにケンカをしていた。
"売られたケンカは買う"
　それが当時の俺だった。
　総長からも注意はされていたものの、なかなか素直になれずに反抗ばかりしていた。
　俺は一生このどうしようもない孤独の沼から抜けられないのだと思い、そんな現実から目を逸らすようにケンカへと逃げたんだ。
　今ではそんな無駄なケンカは考えらんねぇけどな。
　総長たちには本当に迷惑をかけたなぁと思っている。
　そんなケンカばかりしていた俺を変えたのは、ある雨の日のこと。

　その日も俺はケンカをして、傷だらけの顔で、体力も底をつき、狭い路地裏の壁にもたれていた。
　あー……俺はこのまま１人で死んでいくのか？
　誰からも看とられずに。
　この時の俺は心や考えまで荒んでいて、総長や副総長、

朔龍のみんなはいつだって明るく俺のことを迎え入れてくれるのに、失うのが怖くて……どうすればいいのかわからなかった。

　ザーザーと降りしきる冷たい雨は、まるで俺のことをあざわらっているかのように思えた。

　この世界はどこまでも俺に冷たく、残酷。

　もういっそのこと、このまま俺という存在が消えてしまえばいい。

　そんなことを考えていた時だった。

　俺の体を濡らしていた雨が突然やんだのだ。

　不思議に思った俺は顔を上げると、そこには見知らぬ女が俺の上に傘をさしていた。

　……誰だよ。

　こんな奴、見たこともない。

『あの……こんなとこにいたら濡れますよ？』

　緊張しているのか少し震えた声で言った。

　もうすでに濡れているよ、なんて言ったら怒るかな。

　暗いせいで女の顔は、はっきりと見えない。

　ただ、俺が普段遊んでいるような女ではないということだけはわかった。

『……俺に構うなよ。さっさと失せろ』

　可哀想な目で俺を見るな。

　俺はちっとも可哀想な奴なんかじゃない。

　俺は、最低な人間なんだ。

　だからもう放っておいてくれ。

大切なものを失うのは、もうこりごりなんだ。
　きっとすぐにいなくなるだろうと思っていたのに、彼女は自分のカバンの中をゴソゴソとあさると、俺の前に絆創膏(ばんそうこう)を差し出した。
　なんの真似だよ……。
『……いらねぇよ』
『だ、だって……ケガしてるから……！』
　そう言われても……別にこんなの慣れているし。
　何も言わずに受け取らないでいると、彼女は何を思ったのか絆創膏を俺の頬の傷に強引にペタリと貼りつけた。
　一瞬すぎてどう反応したらいいのかわからなかったけど、彼女のその手は雨で濡れて冷たいはずなのに、不思議ととても温かく感じて、忘れかけていた人から愛されるという気持ちを思い出した。
『いらねーつったのに』
　口ではそんなことを言っておきながらも、久しぶりにこんなに心の中が温かくなって孤独が埋められた気がした。
『これですぐに治るね』
　なんて言った彼女の顔は見えないけど、きっと優しい笑みを浮かべながら笑っているんだろう。
　こんな絆創膏１枚ですぐになんて治るわけがないのに。
　それでも彼女に何も言わなかったのは彼女の声が少し震えていることに気がついたから。
　コイツもなんかあったのか？
　まあ、俺には関係ねぇけど。

『あとこれあげる。イチゴを食べると元気が出るんだよ。じゃあね』

　彼女はそう言いながら傘と飴玉を1粒俺に渡すと、そのまま駆け足で雨の中に消えていった。

　お前が濡れて帰ってどーすんだよ。

　バカなんじゃねぇの？

　そう思うけど、手のひらに置かれた"イチゴミルク"の飴玉をジッと見つめる。

『ふっ……俺にイチゴミルクなんて似合わねーだろ』

　あまりの不釣り合いさに笑えてきた。

　どう考えても金髪で傷だらけの俺に、イチゴのイラストがプリントされたパッケージに包まれた"イチゴミルク"なんて似合わない。

　しかも、『イチゴを食べると元気が出るんだよ』なんてお前の思い込みだろ？

　俺は甘いものは好きじゃない。

　そんなことを思いながらも、もらったイチゴミルクの飴玉を口に放り込む。

『あめぇな……』

　口の中に広がる甘くて優しい味。

　無意識に流れ出た涙を止める術が、この時の俺にはわからなかった。

　ただ、嬉しかったんだ。

　誰かに俺のことを見つけてもらった気がして。

　少し昔を見たような気がして。

それからしばらくして、どこからか噂を聞きつけたのか血相を変えた総長と副総長がわざわざ俺のところまで駆けつけてくれた。
『統牙……！　何やってんだよ！　心配しただろうが！』
『総長……？』
　俺を見つけるなり、まるで小さい子どもを抱きしめるかのようにそっと優しく強く包み込む。
　その温もりにさらに涙が溢れ出てきて、俺は総長の腕の中でひたすら泣いた。
『俺……俺……』
　ずっと自分だけが不幸なのだと思っていた。
　でも、それは違った。
　朔龍にいる人たち……総長や副総長も含めてみんな何かを抱えていて、それでも"今"を懸命に生きている。
『……もうお前は１人じゃない。俺たちがいる』
　総長のその言葉は、今まで現実を受け止めきれなくて孤独の世界をさまよっていた俺の心を溶かしていった。
『そうだぞ。俺たちはいつだってお前の味方だ』
　俺の頭に優しくポンッと手を置いて、続けてそう言ってくれた副総長。
『……っ』
『もう何も失いたくないなら強くなれ。そして愛する者すべてを守れ』
　強く……か。
　もう二度と失いたくない。

誰よりも強くなって大切なものをすべて守る。
　俺は総長の言葉に深く頷いた。
　それから俺は、無駄なケンカはしないようになった。
　ケンカを売られても買わずに、大切なものを守るためだけに拳を握った。
　今ここにいる結実は、その時に会ったあの子にどこか似ている。
　あの甘くて優しい味の、イチゴミルクの飴玉をくれたあの子に。
　絆創膏を渡す手が震えていたくせに、わざわざ俺に優しくしてくれた。
　誰かからの優しさなんてすっかり忘れていた。
　本当は総長も副総長も朔龍のみんなもこんな俺に優しくしてくれていたのに、俺はそれに気づいていなかった。
　だから、結実のことが見捨てられなかった。
　昔の俺とアイツに似ていたからなのかわからないけど、細い体を震わせて涙を流して今にも消えてしまいそうな結実を……ただ守ってやりたい、とそう思ったんだ。
　今の俺があるのは、まわりからの優しさや愛情に気づかせてくれたあの子がいたからだ。
　たぶん、向こうは俺のことなんてちっとも覚えてねぇだろうけど。
　俺だってはっきりと顔を見ていない上に覚えてねぇから、その子がここにいる結実なのかすらわからねぇけど、なんか感じるんだ。

あの日の子は結実かもしれない。
　こんなふうに思うことなんて柄じゃねぇけど、彼女……結実と俺は出会う運命だったんじゃないかって。
　そんなことを思いながら、俺は結実の頭を優しくそっと撫でた。

俺が愛してやるよ

　しばらくして、泣きやんで落ちついてきたあたしは彼の腕の中から離れた。
　泣いて泣いて泣きまくったあたしの顔は、尋常じゃないぐらい腫れていた。
　そんなあたしの顔を見て彼は笑うどころか、優しくあたしの頭を撫でた。
「こんな顔になるまで我慢してたんだな」
　うっ……なんでまたそんな泣きたくなるような言葉を言うのかなぁ。
　そんな優しい言葉をかけられたことのないあたしにとって、最高に嬉しい言葉。
「そんなこと言われたら、また泣きたくなるじゃないですか……」
「ったく……結実は泣き虫だな」
　呆れたように笑った彼。
　その笑顔と名前を呼び捨てにされたことに、胸がドクンッと高鳴った。
　なんだろう……この気持ち。
「ゆ、ゆ、結実って……」
「あれ？　読み方違ったか？」
　そうだ。さっきからずっとこの人は、あたしの名前を呼び間違わなかった。

昔からずっと初めて名前を呼ばれる時は、"ゆみ"と呼ばれていたから。
　だけど、この人は最初から"ゆい"って呼んでくれた。
　間違わなかった人は初めてだ。
　それが無性に嬉しくなる。
　もちろん生徒手帳に名前のフリガナはふっていないし、わかるはずもない。
「ううん。合ってます」
「お前、感情豊かだな」
「えっ……？」
　あたしが……？
　いつも無愛想で何を考えているのかわからない……って言われるあたしが？
「泣き虫だったり、今みたいに急に笑ったり、困ったり」
　あたし……そんなにコロコロ表情が変わっていた？
　自分じゃ全然気づかなかったよ。
「結実、お前は何歳になったんだ？」
"結実"
　そう呼ばれるのに慣れていないせいか、なんか胸の奥がくすぐったくなる。
「……17歳になりました」
　高校２年生、そんなに楽しいものじゃない。
　むしろ、楽しくない。
　みんなが楽しんでいるような青春もなければ、好きな人だっていないのだから。

「へえ。俺と同じだな」
「えぇっ!?」
「何だよ、急に」
　彼はムッとしたようにあたしを見る。
　うっそ……。
　全然同い年になんて見えないんだけど……。
　もっと年上で、20歳を超えているのかと思っていた。
　大人っぽい人だなぁ。
　子どもっぽいあたしとは、まるで違う。
「同い年とは思えないです」
「それは俺が老けてるって言いたいのか？」
「ち、違いますっ……!!　大人っぽいって意味です!!」
　老けているだなんて……そんなのないない！
　すっごいイケメンだもん。
　こんなに金髪が似合う人は見たことないってぐらい。
　金髪ってなんかチャラそうで嫌だと思っていたけど、彼を見ていたらOKだ。
　ただの偏見だったということがわかったよ。
「ハハッ。必死だな」
「いや……その……」
　彼の笑った顔がとてもキレイで胸がドキドキと高鳴る。
　こんなに笑った顔がキレイな人は初めて……。
　さっきまで無愛想だったからこそ、そう思うのかな？
　あんなに怖そうに見えた人が、こんなにも笑う人だったなんて……。

「てか、同い年なんだから敬語じゃなくていいんじゃね？」
「えっ、でも」
「でも、とか言わない。これは決定な」
　そ、そんなぁ……人慣れしていないあたしにはレベルの高い話だ。
「それと、俺の名前は相島統牙。高校には通わずに働いている。あとは……ああ。このあたりの朔龍っていうグループに入ってる」
　一気に自己紹介されて、あたしの頭の中は大混乱。
　そ、そんなに一気に言われても、頭が悪いから入ってこないよぉ～……。
「さ、朔龍？」
　いちばん気になったところを聞いてみた。
　他にも聞きたいことはあったんだけど……グループって音楽グループとかそんな感じ？
　ミュージシャンだったりする……!?
　だけど、彼の返答にあたしは自分の耳を疑った。
「暴走族」
「ぼ、暴走族……!?」
　そ、そんなの本当にあったんだ……。
　昔だけの話で今はもうないのかと思っていた。
「……怖い？　嫌だった？」
「いや……!　驚いただけ!!」
　確かに暴走族にはいいイメージはなかったけど、統牙さんはいい人だ。

だってこんなに温かくて、見ず知らずのあたしを自分の家に招き入れて、誕生日まで祝ってくれるんだから。
　そんな人、なかなかいないし……。
「そこの人たち、みんないい人なんだ」
　統牙さんは愛おしそうに笑いながら、ケーキと一緒に買ってきたのかビニール袋の中から缶ジュースを手に取り、プシュッと音を立てて開けるとゴクッと飲んだ。
　本当にそのグループのことが好きなんだということが、彼の表情から伝わってきた。
「だから、統牙さんもいい人なんだね」
　あたしは何も考えないで思ったことを口にして、残っていたケーキを食べた。
　すると、ジッと見られている視線を感じたからそちらを見ると、統牙さんがあたしを目を丸くして見ていた。
　えっ……!?
　あたしなんか変なこと言った……!?
　1人で焦っていると、統牙さんが言った。
「俺のこと、いい人って思ってんの？」
「う、うん……」
　こんなに、あたしのことを人間らしく扱ってくれた人は初めてだった。
　あたしにとって、統牙さんはとってもいい人。
「それは、お前の思い違いだ……俺はお前の言うようないい人じゃねぇよ」
　そう言った統牙さんの顔はビックリするくらい怖くて、

でもなぜか悲しげにも見えた。
「ううん。あたしにとってはいい人だから」
　これでも……人を見る目はあるほうだと自分では思っている。
　変な人とは付き合わないし、信用できそうじゃなかったら信用もしない。
　そのせいで、人付き合いが苦手になってしまったけどね。
「なんでそんなこと言いきれんだよ」
「だって、あたしの誕生日を祝ってくれたもん」
　もちろん、他にも理由はたくさんある。
「俺はお前を襲うために連れてきたかもしんねぇんだぞ？」
「だったら、誕生日なんか祝う前に襲ってるでしょ」
　もし、そのつもりなら名前だって呼ばないし、いくら生徒手帳を拾ったって、誕生日のところなんか見ない。
　しかも、わざわざケーキやクラッカーなんか買ってこないだろうし、家に来るか来ないのかという選択肢だってくれないだろう。
「っ……」
　あたしの言葉に統牙さんは返す言葉が見つからなかったのか、急に黙り込んでしまった。
「……お前、隣町の女子校に行ってんだな」
　しばらくして統牙さんが口を開いた。
　ここは隣町なんだ……と初めて知った。
「うん」
　あの地獄のような高校。

別に楽しくもなければ、いいことなんか１つもない。
　今日の騒ぎがあって、これまで以上にあの教室にいづらくなるだろうし。
「家にはいつ帰るんだ？」
「それは……」
　統牙さんの質問にあたしは言葉を詰まらせた。
　家になんか帰りたくない。
　あたしの居場所なんかないのだから。
　そんなことを言ってもただのワガママになる。
　明日の早朝にここから出たとしても、家には戻らないでどこかで野宿でもしようかな。
「家に帰りたくないなら、ずっとここにいろ」
「えっ……？」
　統牙さんの言葉に、あたしは動きを止めた。
　だって、まさかそんなことを言われるなんて少しも予想していなかったんだもん。
『早く出ていってくれよな』とか『親が探してんじゃねぇの？』とか言われると思っていたから……。
「嫌ならいいけど……」
「……ほんとにいいの？」
「バーカ、ダメならこんなこと言ってねぇよ」
　グーッでコツンッとおでこを叩かれた。
　おでこに小さな痛みが走る。
「いてっ……あ、ありがとう……っ!!」
　おでこをスリスリと、こすりながら言った。

明日も明後日もここにいられるんだ。
　それがなぜかすごく嬉しかった。
「やっと笑ったな」
　彼は満足そうにニッと笑い、八重歯を見せた。
　普段の顔はキリッとしていてカッコいいのに、笑顔は八重歯にえくぼを見せてかわいい。
　もっと、統牙さんのことを知りたい……あたしはそんなことを思うようになっていた。
「俺のことは統牙って呼べよな。同い年なんだから」
「ええっ!?」
「それに、これから一緒に住むんだから」
　それってなんか……同棲みたいっ……！
　って……なに浮かれてんだろ、あたし。
　相手は統牙さん。
　ほぼ初対面の人なんだし……あたしは居候。
　同棲なんていいもんじゃないよ。
　それをいうなら同居だ、同居。
「う、うん」
　あたしは軽く頷く。
　すると、統牙はイタズラっぽく笑って……。
「じゃあ、さっそく呼んでみろ」
「ええっ!?　なんで!?」
　呼ぶ必要なんかある……!?
「テスト」
「テ、テスト……!?」

「ほーら、言えよ」
　グイッとあたしの顎をすくい上げた。
　あたしと統牙の視線は必然的にぶつかり合う。
「や、やだっ……！」
　なんでわざわざ、そんな恥ずかしいことしなきゃいけないのよ……！
　こんな時、あたしの性格のよくない部分がついつい出てしまう。
　すぐに意地を張る性格。
　だから、みんなとケンカしちゃうのかな？　なんて思っている。
　そうわかっているんだけど、そんなに簡単に直せないのが性格。
「俺はこんなに結実って言ってんのに、なんで結実は言ってくんないの？」
　統牙の瞳は、お世辞にもキレイで純粋そうに澄んでいるとは言えなかった。
　どこか冷たく寂しげな瞳だった。
　でも、みんながあたしに向けるような冷たい目ではない。
　きっと、その瞳の奥には何か隠されているんだろうけど、さっき知り合ったばかりのあたしが聞いていいことでもないだろうし……。
「そんなこと言っても呼ばないんだからねっ……！」
「と、う、が。はい、リピートアフターミー」
　統牙って学校に行っていないのに頭よかったりする!?

「……統牙」
　恥ずかしくてボソリッ、と聞こえるか聞こえないぐらいの声で言った。
「よくできました」
　満足そうに微笑みながら、あたしの頭にポンッと手を置いてワシャワシャと撫でた。
「っ……」
　一瞬にして、あたしの頬は真っ赤に染まる。
　統牙は絶対に無意識でやっているんだろうけど、あたしからしたらドキドキしてヤバイんですけど……。
「ハハッ、顔が真っ赤だぞ」
「う、うるさい……！　見ないで……!!」
　バレていないと思っていたのに、あっさりとバレていて必死で自分の顔を手で覆う。
　もう……統牙といたら、なんかいい意味で寿命が縮みそうだよ。
「これからも学校へ行くのか？」
「どうしよ……」
　行きたい気持ちなんてこれっぽっちもないけど……行かないと家かスマホに電話がかかってきそうだしなぁ。
「行かねぇなら、今度、俺の仲間を紹介してやろうか？」
　えっ……？
　統牙の仲間をあたしに紹介してくれるの？
「うんっ!!」
　行きたすぎて自分でもビックリするぐらい、勢いよく返

事をしてしまった。
「ふっ……即答だな」
「えっ……いや、あのその……」
　な、なんて答えたらいいんだろう。
「……だって行きたかったんだもん」
　もうこれしか言えないよ。
　本当のことなんだもん。
　あんな学校に行くくらいなら、統牙の仲間に会うほうがよっぽど楽しいだろうし。
　久しぶりにワクワクしている自分がいて、ビックリしているけど……。
「お前、素直になった時、すげぇかわいいな」
「なっ、なっ……」
　ストレートすぎる統牙の言葉に、あたしの心臓は打ち抜かれた。
　それは反則だよ……？
　かわいいって……。
「お前のその反応も……」
「で、でもっ……素直になった時って、その時だけみたいじゃん！」
「照れ隠しかよ」
「ち、ちがっ……‼」
「違くなーい。俺の言うことは絶対なの」
　なっ……なんなんだ……この男は……‼
　俺様すぎる……でも……なんか嫌じゃない。

「か、かわいいとかは彼女とかに言わなきゃ……！」
　あたしなんかに言っていいセリフじゃない。
　そういえば……統牙って彼女とかいるのかな？
　好きな人とか……いたら嫌だなぁ。
　あれ……？　あたし、なんでこんな気持ちになっているんだろ。
「彼女なんかいねぇよ。いたら、お前と一緒に住むとか言わねぇし」
　あ、まぁ……確かに。
　でも……好きな人くらいはいるよね。
「そ、そうだね」
「お前こそ彼氏いねぇのかよ」
「今はいないよ」
「今は……ってことは昔はいたのかよ」
「そりゃあ、あたしだって年頃の女の子だもん」
　彼氏ぐらいいたことがある。
　だけど、キスもそれ以上もしたことはない。
「ふーん……」
　一気に不機嫌になった統牙。
　なんでだろう……？
「でも、あたし男運ないからさぁ。浮気者だったり、体目当てだったり……みーんな最低な奴ばっかで誰もあたしなんか愛してくれなかった」
　誰も本当のあたしなんて見てくれなかった。
　キレイに着飾って、女の子っぽく振る舞って……そんな

あたしばかりを求めてきた。
　本当のあたしなんか……誰も見ちゃいない。
　家族だって、あたしは無口で問題児で無愛想な奴だとしか思っていない。
「へえ。お前も苦労してんだな……」
「まぁね」
　なんか、暗い感じになっちゃった……。
「そういう統牙は？」
「俺？　俺なんか結実が言ってた最低な奴の中の１人」
「えっ？」
「特定の彼女は作らずにずっと遊んでた。仮に、付き合っても全部遊び。特定作ったら面倒くさいし、ただ欲求を満たせるだけでいいって思ってたし、相手もそれは承知の上だったしな」
　まぁ……想像はだいたいできていたけど、なんでこんなに苦しいんだろ。
　でも、さっきここに来る前に会ったチャラそうな男の人に『今度、紹介して』みたいなことを言われていたから相当な遊び人なんだろうなぁ。
「今でもそれは続いてるけど、もうやめるわ」
「え、なんで？」
　そんなに簡単にやめられるもんなの？
「特定を作るのもよさそうって思ったから」
「そんなに急に思うもんなの？」
　なんかきっかけとかがあって、そういうことって思うも

のじゃないのかな？
「なんか、大切にしたいもんができた気がすんだよな」
「へぇ」
　素っ気ない返事になってしまったのは、統牙に大切な人ができてしまったことがショックだったから。
　だって、あたしの入る隙間なんて1ミリもないんだよ。
　って……それじゃあ、あたしが統牙のことを好きみたいじゃん。
「さぁー、もう遅いし寝るとするか」
　時刻はもうすぐ24時。
　あたしの誕生日が初めていい日になった気がする。
　1人だけど、祝ってもらえて……こんなにも幸せなのだと感じた。
「うん」
「じゃあ、俺は風呂入ってくるから……寝たきゃ向こうの俺の部屋のベッドで寝とけ」
　そう言うと、お風呂のほうにスタスタと言ってしまう。
　そ、そんな……俺の部屋のベッドで寝とけなんて言われても……困るんですけど。
　じゃあ、統牙はどこで寝るの？って感じだし。
　1人でどうしようかと思っていたら、お風呂に向かっていた足を止めて、あたしのほうに振り向いて……。
「あっ、心配すんな。俺はお前を襲う気はねぇから」
　それだけ言うとまた足を動かして行ってしまった。
　べ、別にあたしは、そんなことを気にしていたわけじゃ

ないし……!!
　でも……確実に恋愛対象としては見られていない。
　それはラッキーだ。
　だって、いつなんどき男が狼になるかなんて女にはわからないんだから。
　そう思う一方で、なぜか寂しい気持ちになる。
　でも、すぐにその思いを打ち消す。
　だって誰かに愛されたことのないあたしが、誰かを愛することなんてできない。
　正直、今まで付き合ってきた人も好きだった？って聞かれたら、首を横に振る。
　あたしは、そんな最低な人間なんだ。
　人を不快にさせることしかできない出来損ない。
　あたしも……志穂みたいにかわいかったらなぁとか、もっと愛想がよくて笑顔でいられたらなぁ……なんて思う時もある。
　だけど、それは叶うことがなくて、あたしはいつまでたっても変われない。
　一生、この性格と顔と付き合っていかなきゃいけない。
　ふと、スマホを見るとメッセージが１件来ていた。
【あんた今どこにいるの？　いつまでも拗ねてないで早く帰ってきなさい】
　それは、今日あたしの心をズタズタにしたあの人からだった。
　あたしは返事をする気になれず、無視した。

あたしは別に拗ねているんじゃない。
　傷ついているの……。
　なんでそれをわかってくれないの？
　あー、もうなんかイライラしてきた。
　あたしに親も妹もいない。
　家族なんていない。
　これからはそう思って生きていこう。
　あたしはずっと１人で生きていくんだ。
　そう心に決めて眠りについた。

　そして、統牙と出会って数日がたった。
　あたしは学校に行かない日が続いていた。
「散歩でも行くか？」
　統牙は仕事があるから日中はいないことが多くて、早くて夕方くらいに帰ってくる。
　だから、まだ自分の服は持っていないから統牙のスウェットを借りている。
　まあ、ダボダボなんだけどね。
「うん！　行きたい！」
　散歩なんていつぶりだろう。
　しかも、初めて統牙と一緒にちゃんと外に出る。
　なんか、ワクワクするな～！
　夕日も見えるかな？
「んじゃ、行くか」
　そう言って、あたしたちは外に出た。

「この道を歩いたの久しぶり」
「そうなの？」
「おう、いつもはバイクだかんな」
「あ、そっか」
　通勤もバイクだもんね。
　本当にバイクが好きなんだろうなぁ。
　バイクと統牙……うん、似合うしカッコいい。
　あたしの歩幅に合わせて、ゆっくりと歩いてくれる統牙はやっぱり優しい。
「結実は？　通学は電車だった？」
「うん。学校が家からいい感じの距離にあって……だからそこにしたの」
「へえ。案外面倒くさがり屋なんだな」
　なんて、おどけたように笑うから少しムッとして表情に出すと、今度はそんなあたしを見て統牙はクスリと笑った。
「違うし！」
「ほんとかよ」
「本当だし！」
　ふと、視線を下げれば、そこには２つ並んだ影がゆらり、ゆらりと仲がよさそうに揺れている。
　なんかカップルみたい。
　いや、あたしってば何を考えているの？
「なあ、俺さ、結実のこともっと知りたい」
「え？」
「好きなものとか嫌いなもの、なんでもいいから」

そんなことを思ってくれているなんて全然知らなかったから、胸がトクンッと高鳴って顔が熱を持つ。
　統牙は、なんでもストレートな言葉をぶつけてくるから困る。
　心臓がいくつあっても足りない気がするよ。
「いいけど、統牙も教えてね？」
「んー、まあ仕方ねぇな」
「何よ、それ！」
「俺が好きなのは……イチゴミルクの飴、かな」
「え？　統牙とイチゴミルク？」
　失礼だけど、なんか似合わなさすぎて笑っちゃった。
　しかも、甘いもの苦手だし。
　そういえば、いつかの雨の日に誰かにイチゴミルクの飴玉を渡したんだっけ？
　どんな顔をしていたのかまでは覚えていないけど、なんか怖そうだったというのは覚えている。
　でも、その人はあたしと同じような暗い瞳をしていて気がついたら声をかけていたんだ。
　そして、少しでも元気を出してほしくて飴をあげた。
「……んだよ、わりぃかよ」
　少しふてくされている統牙。
　そんな姿がかわいいと思ってしまった。
「つーか、最初にお前が渡してきたんだろ」
「え？　なんて？」
　もっと、はっきり言ってくれないと聞こえないよ。

「いや、なんでもねぇ。んで、お前は食いもんなら何が好きなの？」
　なんか話を逸らされた気がするけど、まあいいや。
「うーん、やっぱりイチゴかな？　イチゴ食べると元気が出るんだよ」
「それ、お前だけだろ」
「なっ……！　じゃあ、統牙はなんでイチゴミルクの飴が好きなの？　甘いの嫌いなんでしょ？」
　甘いものが嫌いな統牙がなんで？
「その飴に大事な思い出があるから」
　そう言った統牙はその時のことを思い出しているのか、顔がとても優しい表情に変わった。
　なんだろう……なんか胸が痛いよ。
「へえ。そうなんだ。あたしも雨が降ってた時にあたしと同じような顔をしていた人に飴をあげたの。そのあとすぐに帰ったからその人がどーなったとか知らないけど」
　その痛みをごまかすように、あたしも数年前の出来事のことを話した。
　こんなことを話したって意味なんてないのに。
「そん時の……」
「ねぇ！　夕日だよ！　ほら！」
　統牙の言葉を遮って、あたしはオレンジ色の光を放つ夕日を指さした。
　これ以上、聞きたくなかった。
　こんな夢のような時間が、いつか終わってしまうんじゃ

ないかと思うと怖かったから。
　統牙にまで突き放されてしまったら、あたしはもうどうすればいいんだろう。
　優しくされるのに慣れてしまったら人はダメになる。
　あたしは、早く1人に戻らないといけないのかな？
　いつか1人になるのなら早いほうがいい。
「……キレイだな」
「だね」
「ほら、これやるよ」
　統牙があたしの手のひらに乗せてきたのは……イチゴミルクの飴玉。
「いいの？」
「これ食って元気出せ。まだまだあんぞ」
　統牙はそう言うと、ポケットからたくさんのイチゴミルクの飴玉が出してきた。
　ストック多すぎでしょ……。
　あたしは思わず苦笑い。
「そんなにいらないよ」
「そうか？」
「そうだよ」
　さっそくもらった飴を口の中に放り込む。
　大好きな味が広がる。
　今頃、あの男の子はどうしているんだろう。
　また会えたらな……なんてね。
　どんな顔だったかも覚えていないのに無理な話だ。

「そろそろ帰ろっか」
「おう」
　ずっと、この時間が続けばいい。
　でも、あたしは統牙の邪魔になっていない？
　彼の大切な時間を奪っていない？
　そんな不安を抱きながら統牙の家に帰った。

　家について、2人でご飯を食べてから統牙がお風呂に向かった。
　あたしはリビングで1人、ソファに座って今後について考えていた。
　きっと、このまま統牙の家にいても邪魔になるだけだ。
　何をするにも、あたしがついてきてしまうんだから。
　なんて、言い訳だ。
　本当は、いつか統牙に見捨てられるのが怖いだけ。
　だって、あたしは誰からも愛されていないから。
　あれから家族から連絡だってないし。
　この世に存在している意味なんてあるのかな。
　ここに来て、錯覚していたよ。
　あたしは普通の女の子なんだって。
　だけど、本当は違う。
　誰からも愛してもらえない、必要のない子なんだ。
　そんな時……。
　〜〜〜♪
　突然、着信音が聞こえてきた。

あたしのじゃないから統牙のだ。
　机の上に置いてあるスマホから聞こえてくるもん。
　少しだけ期待しちゃってバカみたい。
　もしかしたら、家族からかもって。
　そんなことあるわけないのに。
　何気なく画面を見ると、【絵里(えり)】と、表示されていた。
　女の人の名前だ。
　統牙はプレイボーイだもんね。
　きっと、今から会う約束でもするつもりなんだろう。
　だったら、やっぱりあたしなんかいちゃダメだ。
　統牙の迷惑になっちゃう。
　あたしは、もともと存在していていい人間じゃない。
　やっぱり、ここから出よう。
　今日は、どこかで野宿することにしよう。
　チャンスは統牙がお風呂に入っている今しかない。
　ごめん……統牙。
　あたしはやっぱりここにいちゃいけない。
　君の人生をめちゃくちゃにしたくない。
　短い時間だったけど、あたしなんかに優しくしてくれて本当にありがとう……。
　スマホを手に取って、机の上に置かれていたレシートの裏にペンで書き置きをした。
【統牙、あたしに優しくしてくれてありがとう。大事な人が見つかったら、その人にも優しくしてあげてね】
「ほんとにありがと……」

そう一言呟き、玄関へ向かう。
　そして、統牙に気づかれないようにそっとドアを開けて外に出た。
　冷たい風があたしの体を冷やす。
　さむっ……。
　季節は秋の終わり。
　気づけば、もうすぐ冬だもんね……そりゃあ、寒いはずだよ。
　そんなことを思いながら、一歩足を踏み出した瞬間。
「お前、勝手にどこ行く気だよ……!!」
　えっ……？
　後ろを振り向くと、そこにはお風呂に入っているはずの統牙が立っていた。
　急いで出てきたのか髪の毛はビショビショで、毛先からポタポタと水が落ちている。
「俺が嫌になった？　俺が暴走族だから……？」
「違うよ……」
　そんなことで、あたしはビビッたりしないよ。
　君が優しすぎるから……その優しさが、あとになってきっと辛くなるんだよ。
　一度、優しくされたら、もう1人ぼっちには戻れないんだよ？
「じゃあ、なんで？」
「あたしは邪魔者なの。この世に必要ないの……!!」
　自分でも訳がわからないぐらい涙が溢れ出てきて、ポタ

ポタとこぼれ落ちて床にシミを作る。
　だって家族からも誰からも連絡がなく……やっぱりあたしは、いらない存在なのだと実感した気がする。
　──ギュッ。
「なぁ……結実、お前家で何があったんだよ」
　そっと、あたしを優しく包み込んだ統牙。
　温かくて、爽やかなシャンプーの匂いが鼻をくすぐる。
　妙に勘のいい統牙なら気づいて当然。
　あたしが家で何かあったことなんて、これまでの態度で一目瞭然だろう。
　聞きたかったみたいだけど、統牙は優しいから何も聞いてこなかった。
「……あたしは……っ、誰からも愛されない、いらない子なの……っ!!」
　誰からも愛してもらえない。
　どこに行っても邪魔者扱い。
　自分の存在している意味がわからない。
　街を歩くたびに思った。
　仲よさそうに会話をしている家族。
　幸せそうに手を繋いで歩いているカップル。
　みんな、愛されていて……あたしだけ１人違う世界にいる気がして……あたしには……愛してくれる人もいない。
「じゃあ……」
　黙っていた統牙が口を開いた。
「俺が愛してやるよ」

一瞬、時が止まったような、そんな気がした。
　どうして……なんで……君は、あたしを見捨てないの？
「これでもかってぐらい愛してやる。お前の空っぽな心ん中、俺の愛で溢れさせてやるよ」
　こんなことを言われたのは初めてで……でも、信じられない。
　君も……口だけで本当は愛してくれないんでしょ？
「嘘ばっかり……っ」
「信じられねぇなら、それを俺が証明してやるよ」
　その強い言葉に疑っていた心がグラッ、と揺れた。
　この人は……本当にあたしを愛してくれる？
　なぜか、信じてみたくなった。
　生まれ初めて人から必要とされたような気がする。
　あたしはこの人と出会うために、今まで生きてきたのかもしれない。
　あたしはその時、初めて、生まれてよかったと思った。
「うぅ……ほんっとに？　……ぐすっ……」
　家のことはまだ……言いたくない。
　統牙になら話せるかもしれないけど、どんなリアクションされるのか怖い。
　ごめんね、統牙。
　こんな弱いあたしで。
「当たり前だろ。だから、どこにも行くな」
　統牙はあたしを抱きしめる力を強めた。
　どうして……どうしてあなたは、あたしにそんなに優し

くしてくれるの？
「なんで……あたしに優しくしてくれるの……っ？」
「俺もわからねぇ……だけど」
　心臓がドクドクッと、いつもよりも倍以上のスピードで動いている気がする。
「お前が俺のそばからいなくなるって思うだけで俺……心配で堪んなくなって……心臓がすげぇ痛てぇんだよ」
　統牙……。
　さっきまでとは違う弱々しい声に心が痛む。
「だから、お前は俺のそばにいろ」
　でも、最後はビシッといつも通りの俺様な口調。
　なんでそこまでして、あたしなんかを引き止めてくれるんだろう。
　そばにいろ、なんて……ドラマでしか聞いたことのないようなセリフ。
　まさか、自分が現実で言われるなんて思ってもなかった。
「あたし……統牙と一緒にいていいの？」
「俺は、お前じゃなきゃ無理」
「……ありがとう。統牙」
「あと、さっき言ってた雨の日のこと……お前がイチゴミルクの飴をあげたの、俺だから」
「え？」
　嘘……あの時の男の子は統牙だったの？
　だから、好きな食べ物はイチゴミルクだって言ってくれたの？

「本当に？」
「嘘ついてどーすんだよ」
「なんか、すごいね」
「俺はまた会いたいと思ってたからよかったけどな」
　そう言って、あたしの頭を優しく撫でた。

『俺が愛してやるよ』
　そのセリフは、あたしの心の中から離れなかった。
　あたしと統牙は……家族ではない。
　かといって、友達でもない。
　統牙は彼氏じゃない。
　あたしは統牙の彼女でもない。
　体の関係もない。
　あたしたちの関係は、なんなんだろう。
　愛してくれるとは言ったけど……あたしは彼女じゃないんだよね？
　探しても見つからない答えを、あたしはいつまで探し続けるのかな？
　君との関係が変わる日は、いつか来る？
　でも、またこうして巡り会えたのは"運命"だと思ってもいいのかな？
　そんなことを考えながら、統牙と一緒にさっきまでいた家に戻った。
　そして、連れてこられたのは統牙の部屋。
　リビングとあまり変わらないモノトーンな感じ。

この家に初めて入った時は、こんなモノトーンな部屋は意外だなっと思ったけど、今思うと、すごく統牙らしいと感じる。
　だけど、部屋に入って目に入ったのは……。
　ピンク色のウサギのぬいぐるみ。
　少し大きめでベッドの片隅に置かれていた。
「この家に来た時から思ってたんだけど、ウサギ……かわいい趣味してるよね」
　見た目とのギャップが激しすぎて、ついつい噴き出してしまった。
「わりぃかよ……。ＵＦＯキャッチャーで取ってからずっと、そこに置いてあんだよ」
　恥ずかしいのか髪の毛をクシャリ、としながら、ぶっきらぼうに言った。
「ふーん……。かわいいね」
　そのウサギを触る。
　うん、かわいい。
　あたしの家にも、こういうのが置いてあったなぁ。
　ふと、これまで住んでいた自分の部屋を思い返す。
　すると……。
「お前のほうがかわいいけどな」
「なっ……」
　統牙から不意打ち。
　もう……。
　また、そうやってすぐからかう。

そのたびにあたしの胸はトクンッと高鳴るんだ。
「明日、仕事も休みだから仲間に会う？」
「本当に!?」
「ああ」
「行く！」
「了解」
　楽しみだな。
　統牙の仲間ってどんな人たちなんだろう。
　きっと、いい人たちばかりなんだろうな。
「つーか、さむっ。誰かさんのせいで風邪ひいちゃうかも」
　そう言って自分の体を抱きしめるようなポーズする統牙に、あたしは反論した。
「あんたがお風呂から早く出てくるのが悪い！」
　本当は嬉しかったくせに。
　あたしは本当に素直じゃない。
　こんな髪の毛びしょ濡れのまま、出会ったばかりのあたしを、わざわざ引き止めに来てくれたんだもん。
「……うるせぇな」
「お礼にドライヤーしてあげるからここ座って」
　このまま風邪ひかれても困るし。
　せめてものお礼と、これからお世話になるあたしからのプレゼント……みたいな？
　確か、脱衣場にドライヤーがあったはず……。
　強引に統牙を座らせて、ドタバタと走りながら脱衣場に向かい、ドライヤーを手に持って統牙のところに戻った。

「ほら、乾かすよ……って寝てるし」
　戻ってきたのはいいものの、統牙は器用に座ったままスヤスヤと、眠っていた。
　疲れていたのかな？
　あたしは統牙を必死の思いでベッドまで運び、肩まで布団をかけた。
　改めてじっくりと顔を見ると、本当に整った顔しているなぁって思う。
　切れ長なのに、二重の目。そして、スッと筋の通った鼻に形のよい薄い唇。
　キリッとした男らしい眉毛。
　キンキンに染まった金髪なのに、サラサラしていてカッコよく見える。
　おまけに身長まで高いし。
　統牙って……そこらへんの芸能人に負けないぐらいカッコいいな。
　それなのに彼女を作る気がなかったなんて、どんな頭してんだこの野郎～……！
　と思いながらも、起こさないようにふふっと軽く笑ってから、部屋を出た。
　あたしはリビングのソファで寝ようっと。
　ソファに寝転がってバスタオルを首までかける。
　けど……。正直すっごく寒い。
　薄っぺらいバスタオル１枚じゃ、とてもじゃないけど寒さは防げない。

かといって、どこかに毛布があるわけでもない。
　そもそも来たばっかりで、どこに何があるかなんてさっぱりわからないし。
　仕方ない……今夜はこれで寝るしかないっ……!!
　慣れない環境に疲れていたのか、寒いことも忘れて、あたしは熟睡していた。

暴走族―朔龍―

　んんっ……朝の日差しで目が覚める。
　眠たい目を擦りながらまわりを見渡すと、昨日あたしが寝た場所じゃないことに気がついた。
　ふと横を向くと、そこには目を閉じてスヤスヤと眠っている統牙がいた。
「ええっ……!?　なんであたしがここに……!?」
　どうりで寒くないと思ったよ……。
　だって、そばにはフワフワの布団と毛布があるんだから。
「んだよ……朝からうるせぇな」
　ひぃ……!!
　隣から聞こえてきたのは低い声。
　統牙って……朝が弱い？
　そして朝は機嫌が悪いタイプの人？
「あ、あたし……ソファに寝てたよね？」
「お前さ、あんなとこで寝て風邪ひきてぇの？」
　眠たそうに目を擦りながら言った。
　なんか……また寝そうな勢いだな。
　てか、あんなところって、あたしがソファで寝ていたことを知っていたってことは、あたしを統牙のベッドに移動したのは……。
　統牙ってことだよね？
「そ、そんなわけじゃあ……」

「まだ眠いから寝る」
　ところが、あたしが否定し終える前に、また目を閉じて寝てしまった統牙。
「えっ……ちょっと……！」
　今日は仲間に会わせてくれるんじゃなかったの？
　でも、もう寝ちゃったし起すのもなんか嫌だし……。
「結実もまだ寝てろ。倉庫には昼から行く」
　そう言って、後ろからギュッと、抱きしめられた。
　え、ちょっと……!?
　ど、どういうことなの……!?
　しかも、倉庫ってどこなの？
　こんな状態で寝られるわけないじゃん。
　心臓、破裂しそうだよ。
「ねっ……！　統牙……恥ずかしい……」
「そんなの知らね……俺は寝るの」
「こんなのあたし寝れないよ……」
　耳元で聞こえる統牙の甘く低い声。
　きっと、今あたしの耳は真っ赤だろうなぁ。
　こんなことされて耐えられるほど、あたしは男慣れしていない。
「結実は俺の抱き枕」
「なっ……」
「だから、俺から離れんの禁止な」
　──ドクンッ。
　胸が高鳴って、ぼぁぁぁっと顔が熱くなる。

この人は、朝からどれだけあたしのことをドキドキさせれば気がすむのかな？
　別に彼氏じゃないのに……。
　なんであたしこんなにドキドキしているんだろ？
「こんなに強く抱きしめられたら……離れられないよ」
　きっと統牙は、あたしのことを本当になんとも思っていないんだろうなぁ。
　こんなにドキドキしているのはあたしだけ。
　ほんとに思わせぶりな人。
　それから、ぐっすりと眠れるわけもなくただただ時間がすぎて、統牙が起きるまでボーッとしていた。
　何かを考えるわけでもなく、ほんとにただボーッとしていた。

「んーっ……あー……よく寝た」
「やっと起きた」
「お前、抱き心地最高だな。これからもよろしくな」
「や、やだっ……!!」
　そんな笑顔で言っても聞いてあげないんだからね。
　毎日抱き枕にされたら、あたし寝不足で死んじゃう。
「やだとか無理。てか、今って何時？」
　む、無理……!?
　な、何それ……!!
　時間を聞かれて、頭の上のほうに置いてあったスマホを手に取る。

「10時」
「んじゃ、そろそろ準備するか」
「うんっ！」
　あたしはベッドから勢いよく下りて着替えようとしたけど……冷静になって考えてみれば、服がないんだった。
　学校の制服しかない。
　あんなの休みの日まで着るのは嫌だしなぁ。
　でも、着るしかないか……。
「倉庫へ行く前にショッピングモールでも行く？」
「え？」
「昼飯買いてぇし」
「あ、了解」
　確かに、何も食べていないからお腹がすいている。
　そういえば、メイク道具もリップくらいしかない。
　仕方ない……すっぴんで行くか。
　ハンガーにかけてあった制服を手に取って着替えようと思ったけど、さすがに統牙の前じゃ無理。
「統牙はここで着替えててね。あたしは脱衣場に行ってくるから！」
　そう告げると、あたしはダッシュで脱衣場に向かった。
　早く着替えないとっ……!!
　男の子の支度は早いし……!!
　今まででいちばん高速で着替えた……といってもいいくらいのスピードで着替える。

「お待たせ〜」
　着替え終わってリビングに行くと、やっぱり統牙は先に準備し終わってソファに座って待っていた。
「おう。じゃ、行くか」
　初めて会ったときから変わらず、統牙の私服は案外ゆったりとしていて、私服というよりかはラフ着って感じか。
　まあ、それも着こなしているんだけどね。
　やっぱり、カッコいい人は何を着てもカッコいいのはあながち間違っちゃいないのかもね。
「これで行くから乗れ」
「ええっ……!?」
　外に出て、あたしは呆然とする。
　統牙がヘルメットを手渡してきたから。
　しかも……。
　な、なんじゃこりゃあ……？
　あたしの目の前にあるのは、黒くて大きなバイク。
　統牙が自分でカスタマイズしたのか、オリジナルティ溢れたバイクだった。
　バイクまでカッコいいんですけど……まったく、罪な男だなぁ。
　てか、これにあたしが乗るの？
　なんか……似合わなさすぎて嫌なんだけど。
　そりゃあ、男らしくてイケメンな統牙がこのバイクに乗っていたら、みんなキャーッてなるけど、あたしみたいなのが乗っていたら……ね？

「早く乗れよ」
　当の本人はヘルメットもちゃんとかぶって、ブルルルルッと、バイクのエンジンをかけてスタンバっている。
　いや……そんなスタンバられても……。
　でも、結局乗らなきゃいけないからしぶしぶ乗ろうとするけど、案外バイクのイスが高くて、なかなか乗れない。
「何これ……高くない？」
　あたしは背が高いほうだから……このバイクがデカすぎるのか……。
　そんなあたしに痺れを切らしたのか、統牙がバイクから降りて、「はぁー……ほんっと手のかかる奴」なんてため息交じりに言いながら、あたしの体をひょいっと軽々と持ち上げた。
「ちょっと……！　何すんの!?」
　もちろん、急に持ち上げられたあたしは暴れる。
　あたし、もてあそばれている……!?
「早く、バイクにまたがれよ」
「あ……うん」
　そういうことだったのか。
　あたしが苦戦していたから、抱っこして助けてくれたんだね。
　そして、統牙のおかげでバイクに無事乗れた。
　ブルルルルッ!!っと耳をつんざくような、うるさいエンジン音が聞こえる。
　近所迷惑にならないのかなぁ……？

「ありがと」
「お前、重てぇな」
「それ、女子に言うセリフじゃないから」
　太っているの気にしているんだからね。
「嘘だっつーの。しっかり掴まっとけよ」
　そういうと、急にブゥゥーンとバイクが動き出した。
「うわぁっ！」
　いきなり走り出すとは思ってもなかったあたしは落ちそうになって、統牙の背中にギューッとしがみついた。
　いきなり、動き出さないでよ……まったく。
　落ちるかと思った。
　なんて文句を言ったら、またブイブイ言い返されるだけだから我慢しとこ。

　しばらくすると、あたしも何度か来たことのあるショッピングモールについた。
「降りられるか？」
　ヘルメットを脱ぎながら言った。
「降りるのは、たぶん平気」
　あたしもヘルメットを脱いで、ひょいっとバイクから飛び降りる。
　よかった……無事に降りられた。
「行くぞ」
　安心しているのもつかの間、統牙はスタスタと足早に行ってしまう。

ったく……ひっどい奴〜……って思うけど、嫌いになれないんだなぁ、これが。
「何を買うの？」
「とりあえず、お前の服」
「えっ……!?」
　まず昼ごはんを食べるのかと思っていたのに、先にあたしの服を買うの!?
　すると、統牙が振り返って一言。
「制服でうろちょろされたら、たまったもんじゃねぇだろ」
「確かに……」
　さっきからチラチラとこちらを見られているし、まあ、それも当然だよね。
　だって今日は平日だし、あたしが通っているのは、このあたりでは有名な女子校だし。
「ってことで、こっから好きなもん選べ」
　連れてこられたのは、あたしが普段もよく服を買っているお店。
　店員さんは、あたしのことなんか覚えていないと思うけど。
「はーい」
　ここはかなり値段もお手軽で、あたしの好みの服ばっかりだからお気に入り。
「お前、こういう服が好きそうだし」
「うん、好きだよ」
　選んでいる最中、ちょくちょくと会話を投げかけてくれ

る統牙。
　うわぁー……どれにしよっかな。
　このスカートとブラウスの組み合わせ、かわいいなぁ。
　でも、あの花柄のワンピースも……。
「これとか似合うんじゃね?」
　と言って、統牙があたしに差し出したのはベビー服。
「あんたねぇー、ふざけてんの!?　あたし、一応17歳なんですけど……!!」
　統牙の肩をペシッと軽く叩いた。
　まさか、ベビー服を持ってくるなんて思ってもみなかったし……。
　まぁ、大人っぽい統牙からしたら、あたしが子どもっぽく見えても仕方ないと思うけどさー……。
「嘘だよ嘘。そんな怒んなって」
　ケラケラと楽しそうに笑って、ベビー服を元あった場所に戻す統牙。
　あたしからしたら全然面白くないんですけど!
　でも、統牙とたった数日でこんなに打ち解けるとは思っていなかったけど。
　なんやかんやで気が合うのかな?
「ふんっ!　もう統牙の意見なんて聞かない」
　さぁ、どっちにしようかなぁ。
　2つの服とジーッと、にらめっこ。
「どっちも買ってやりたいけど、他にも買うものあるし、俺は金持ちじゃねぇからこっちしか買ってやれねぇわ」

と言いながら、スカートとブラウスを手に取った統牙。
「えっ」
　これ……あたしが買うつもりだったんだけど……。財布も持ってきているし。
「お前には、こっちの服のほうが似合ってる」
「統牙の意見は……」
「てか、こっちの服を着てるお前が見てみたい」
　統牙の意見は聞かないって言おうとしたけど、それは統牙の言葉によって遮られた。
「じ、じゃあこれにする……」
　結局、統牙の推しに負けてしまったあたし。
　はぁー……なんてこった。
　まあ、どっちにしても統牙に決めてもらわなきゃ、なかなか決まらなかっただろうし、いっか。
「その答えしか求めてねぇよ」
　そんな俺様セリフを残すと、服を持ってレジまで行ってしまった。
　本当に買ってもらってよかったのかな……？
　お互い、まだ17歳なのに。
　ってか、統牙は誕生日すぎているのかな？
　もしまだなら祝ってあげたいなー……なんちゃって。
　あたしってば、気づけば統牙のことばかり考えている。
　なんでだろ？
「さっそく、これに着替えろ」
「えっ!?　ここで!?」

ここじゃあ、みんなに見られるじゃん……。
　さすがのあたしでも恥ずかしい。
「バーカ、試着室でに決まってんだろ。誰もお前の裸なんて見たくねぇよ」
「し、失礼な……!!　別にもういいし……っ!!」
　朝からコイツはなんてことを言うんだ。
　酷い奴。
　そりゃあ、あたしはスタイルもよくないし、イケている体じゃないことぐらい、自分がいちばんわかっている。
　あたしはプンプンしながら、統牙から買ってもらったばかりの服を受け取り、試着室に入った。
　改めて服を見ると、すっごくかわいい。
　なんかフワフワしていて、あたしには似合わなさそうだけど超好み。
　ワクワクしながら着替える。
　いつもならここに来るのは１人。
　でも今日は、統牙と来ているから楽しいんだろうな。
　なんか……もう１人になれない気がしてきた。

「着替え終わったよ」
　試着室から出て、統牙のところに向かう。
「っ……似合ってる……」
「あ、ありがと……」
　あれ……？
　なんであたし、統牙から『似合っている』って言われて

こんなに嬉しいんだろ。
「でも、やっぱその服やめろ」
「えっ……なんで!?」
　やっぱり、似合っていないんじゃ……。変な自意識なんか持たないほうが良かったんだ。
「他の男に見られたくねぇー。お前のそんな姿を見んのは俺だけがいい」
「そ、そんな……」
　な、何よ……！
　さっきまでは、あたしの体なんか興味ない……みたいなことを言っていたくせに。
「でも、まあ……許す」
　そう言うと、統牙があたしの手をギュッと握った。
「と、統牙……!?」
　あたしはビックリして統牙を見つめる。
　な、なんで……手なんか繋ぐの……!?
「お前が変な男に連れていかれねぇようにしてんの。離すんじゃねぇぞ」
　そう言って、グイグイッと歩いていく。
　何それ……カッコよすぎでしょ。
　それから、いろいろなところを回って、必要なものを買い揃えた。
　それで、服とかはあたしが、こっそり家に帰って取ってくるということになった。
　さすがにいっぱい買ってもらうのは申し訳ないし。

両親は共働きだから、きっとバレない。
　統牙もついてきてくれるって言っているし。
　でも、統牙の仕事の都合とかもあって、今すぐには行けないみたい。
　用が終わったらすぐ帰るけどね。
　今日買ったほとんどの荷物は、家まで配達してもらうことにしたから、ほぼ手ぶらで倉庫とやらに向かう。
「んじゃ、そろそろ目的地に行くか」
「うん！」
　どんなところなんだろう。
　楽しみだなぁ〜……統牙が信頼しているところだもん、いいところに違いない。
　また、統牙に抱っこしてもらってバイクに乗る。
　そして、ブゥゥーンッという大きなエンジン音とともに走り出した。

　ショッピングモールから倉庫まではそんなに遠くなくて、10分ほどで目的地に到着。
　だけど、あたしが予想していたところよりも遥かに薄気味悪いところだった。
　いかにも暴走族が使っている……って感じだ。
「やっぱ、怖い？」
　そんなあたしの様子を察したのか、統牙が心配そうにあたしを見つめる。
「ううんっ！　ちょっとビックリしただけ」

「そっ……なら入るぞ」
　統牙の後ろを、チョコチョコとついていく。
　倉庫に入ると、いろいろな声が聞こえてきた。
　ザワザワと騒がしいところだなぁ。
「よっ、統牙」
　赤髪の男の人が話しかけてきた。
　うわぁ、赤髪なんて初めて見たよ。
　すっごい派手な感じだなぁ。
「久しぶりですね。元気にしてましたか？」
　統牙は楽しそうに笑いながら対応する。
　口調から、この赤髪の人は先輩なんだろうと思った。
「元気に決まってんだろ！　つーか、なんだそいつ。新しい女か？」
　またその質問かよ、と心の中で突っ込む。
　それと同時に、統牙はやっぱり遊び人だったんだということを実感させられた。
「そんなんじゃないです」
「そうなのか。まあ、次期総長とも言われてるんだから、いろいろ気をつけねぇといけないぞ」
　先輩らしき人が心配そうな顔をしながら、統牙の肩にポンッと手を置いた。
「まだ次期総長が俺かなんてわかんないですよ～」
「朔龍のナンバー２のお前がなるだろ。逆に他の奴だったらみんな怒るぞ。他の族でも、お前のことを恐れている奴なんて腐るほどいるぞ」

朔龍のナンバー２!?
　暴走族とかよくわからないけど、統牙がすごいことはわかった。
「俺、そんなにすごくないですよ」
　統牙は謙遜してそんなこと言っているけど、ここに来るまでにたくさんの人が統牙を見てコソコソ話していたから、本当にすごいんだろうな。
「まあ、なんかあったらすぐに言えよ。みんなお前の味方なんだからよ」
「ありがとうございます」
　そう言いながら軽く頭を下げると、統牙はスタスタと歩き出して誰かのところに向かう。
　やっぱり、あの人は先輩なんだな。
　ていうか、統牙って次期総長候補だったの!?
　そんなにケンカが強かったんだ……。
　あたし、統牙のことまだまだ知らないことばかりだ。
「おーっす、統牙」
　今度は黒髪の男の人。
　おぉ、やっと普通の黒髪。
　なんか同じ黒髪だからか親近感がある。
　見た目もそんなに悪そうじゃないし？
「久しぶりだな、竜也」
　ほうほう……この人は竜也っていうのか……。
　っていうか、竜也って人は統牙と仲よさそう。
　だって、さっきまでとはまるで違う統牙の顔。

笑っているんだもん。
「久しぶりってお前、本当だぞ。いつぶりだ？」
「あ、忘れた」
　親しげに会話をしている２人。
　統牙が心を許している人っぽいなぁ。
「てか、お前なんでこの前の雨の日、来なかったんだよ」
　──ギクッ!!
　もしかしてあたしと出会った日、統牙はここに来るつもりだったの？
　だけど、あたしを見つけたから行くのやめたの？
　それだったら、あたしすごい邪魔なことしたじゃん！
「拾ったから、コイツ」
　ひ、拾ったって……何回も言うけど、あたしは犬じゃないんですけど。
　そんなことを思っていると、竜也っていう人があたしの存在に気づき、グイッと顔を寄せてきた。
　わわっ……!!
　しかもなんかイケメンだし。
　統牙よりは劣っているけどね。
「へぇ。統牙にしては地味な子」
　あたしの顔をジロジロと見るなり、そう言った竜也さん。
　じ、地味だと……!?
　その言葉にあたしはイラッときた。
　そりゃあ、地味だけど見た目で決めつけんなっつーの!!
「おい、そんなこと言って……」

「地味で悪かったわね!」
　あたしは統牙の言葉を遮って口を開く。
　だって、ムカついたんだもん。
　あんただって、あたしと同じ黒髪なんだから別に変わりないし?
　初対面の人に、そんなこと言われる筋合いないし。
　あたしの対応に、竜也さんは目を丸くする。
　だけど、すぐ笑顔になって……。
「わ、わりぃわりぃ……」
　謝る気もなさそうな口調で言ってきた。
　謝るなら最初から言うなっつーの。
「ほら、言わんこっちゃない」
　統牙が、あたしたちを見て呆れていた。
「結実はこう見えても、すげぇ気いつえーから」
「はっ!?　誰が気が強いって?」
「気が強いくせにすぐ泣く」
　悪口にしか聞こえないんですけど。
「うるさーいっ!!」
　いつからあたしは、こうやって統牙に真正面からぶつかれるようになっていたんだろ。
　素の自分でいられる。
　それってこんなにも楽で楽しいことなんだね。
「ふーん、この子は統牙にとって特別ってわけか」
　なんて、意味のわからないことを言ってから竜也さんはあたしのほうを見て……。

「俺、竜也っていうの。よろしく」
　いや、知っているし。
　なんて言えるわけもなく……。
「こちらこそ……結実です」
「結実ちゃんね。オッケーオッケー！」
　なんかフレンドリーだけど、軽そうでチャラそうな人。
　そう思ったのは秘密。
「竜也と話すのは今はこれで終わり。結実を連れて総長に挨拶に行ってくるから」
　そ、総長に挨拶……？
　てか、総長って……誰？
「取られんなよ」
　不意に竜也さんが呟くように言った。
　取られんなよ……？
　なんの話をしているのかさっぱりわからない。
「わかってる」
　統牙はそう言うと、またスタスタと歩いて階段を上がる。
　それにあたしも黙ってついていく。
　こんなところに１人にされるなんて、たまったもんじゃない。
　さっきからいろいろな人に見られていて、ただでさえ嫌なのに。
　でも……ここに来て１つ驚いたことがあった。
　それは、ここにあたしと同じような高校生らしき女の子たちがたくさんいたから。

ここにいる男の人たちの彼女って可能性もあるけど、いろいろな男の人と楽しそうに話しているところから見ると、フリーの人もいるっぽい。
　女の子の暴走族もいるのかも。
　みんな、いろいろな事情を抱えているんだろうな。
　あたしなんかよりも、ずっと深い何かを。

　統牙に連れてこられたのは１つの部屋の前。
　──コンコンッ。
「相島です」
　扉をノックして慣れたようにそう言った。
　すると、中から……。
「入ってこい〜」
　呑気な声が聞こえてきた。
　な、何この部屋……？
　統牙はガチャッ、と扉を開けて中に入る。
　あたしもそれに続いて慌てて中に入った。
　中に入ると、２人の男の人と女の人が１人いた。
　えっ……何この部屋。
　さっきの倉庫とはまた雰囲気が違う部屋だ。
　なんか……さっきのガヤガヤした感じじゃなくて、静かすぎず、うるさすぎずって感じの部屋。
「総長、この前は来れなくてすみませんでした」
　部屋に入るなり、頭を下げて謝罪した統牙。
　やっぱり、あたしと出会った日……何かあったんだ!!

「ご、ごめんなさい……！　全部あたしが悪いんです……!!　あたしと出会わなきゃ来れたんです」
　あたしも、思わず必死で頭を下げて謝った。
　体が勝手に動いたんだ。
　だって、あたしなんかのせいで統牙が怒られるなんて、そんなの嫌だもん。
「統牙……そいつ誰だ？」
　いちばん奥の黒いソファに座っていた男の人が言った。
　あたしが思うに、この人が総長さんだと思う。
　いちばん大人っぽくて、まわりと雰囲気が違う。
　大人の雰囲気っていうか、クールというか。
　それに……統牙と同じでかなりのイケメン。
　しかも、銀髪で見れば見るほどカッコいい。
「あ……綾瀬結実と申します」
　怖い……だけど、統牙のためなら……。
　今にもよろけてしまいそうなほど、足が恐怖と不安で震えている。
「結実ちゃん、このあたりじゃ見ない顔だね」
　唯一の女の子が、あたしのほうへと近づいてきた。
　髪は茶髪で毛先がクルクルと巻かれていて、青のカラコンを入れてつけまつ毛もバッチリつけて、今風の女子って感じ。
　あたしが通っていた学校にも、うじゃうじゃいたよ……こんな感じの子。
「あ……はい」

「ふふっ……そんな怖い顔しないでも大丈夫だよ。何もしないから」

　見た目はバリバリのギャルみたいなのに、すごく優しそうな人。

　笑顔もかわいいし……メイクしないほうがかわいい気がするのはあたしだけかな？

　余計なことを言って怒らせちゃったらダメだから、それは黙っておこう。

「んで、統牙。コイツはお前のなんなの？」

　総長さんが痺れを切らしたように、ソファの肘かけをトントンッと人差し指で叩きながら言った。

「俺の大事な奴です……」

"大事な奴"

　その言葉にドキッとしたけど、切なさもあった。

　だって、あたしたちは付き合っていない。

　でも、統牙はあたしにたくさんの愛をくれる。

　おかげで空っぽだった心が満たされてきて、最近、人間らしくなってきた気がする。

「遊び人で有名なお前が大事な奴？」

　そんなに遊んでいるんだ……統牙って。

　まあ、顔がいいから女の子には困らないだろうけど。

「コイツ、いろいろあって家に帰れないみたいで……」

　ちゃんと、あたしが家に帰らない理由をオブラートに包んで話してくれる。

「ふーん……。まあ、好きにしろ」

「ありがとうございます……」
「でも、この前来なかったのはまだ許してねぇぞ」
「……はい」
　重苦しい雰囲気の中、あたしはどうすればいいのか必死で考えていた。
　原因はあたしにあるんだから……あたしがなんとかしないと。
「はいはい、嘘はやめとけって。仁」
　そばにいたチャラそうな人が言った。
「統牙、心配すんな。コイツ、全然怒ってねぇから。むしろ心配してたぐらい」
「えっ……」
　これには統牙も驚いているみたいで何も言わない。
「うっせぇよ。拓哉」
　さっきまで大人っぽさ全開だった総長さんが、今は子どもっぽく見える。
　今までのは演技だったのかな？
「ていうか、この前は雨が降ってたから中止したんだ」
「そうなんですか……!?」
「ラッキーだったな。統牙」
　チャラ男さんが、そう言いながらポンッ、と統牙の肩を叩いた。
　統牙の顔が、一瞬にして安心した表情に変わっていく。
　いったい、ここで何をするつもりだったの？
　あたしの頭の中はハテナがいっぱい。

「統牙……ごめんね」
　こそっと統牙に耳打ちすると、「お前のせいじゃねぇよ」と、上から柔らかい声が聞こえてきた。
　統牙は見かけはイカつくて怖いけど、中身はとっても優しい人。
　たぶん、ここにいる人たちは、みんなそうなんだろうな。
「あたし、高校２年の菜摘。よろしくね！　そこにいるチャラ男の彼女なの」
　突然、女の子が自己紹介を始めた。
　あたしと同い年なんだ……。
　全然見えないや。
　もうちょっと年上かと思った。
　あたしが子どもっぽいだけなのかな？
「チャラ男って言うな！　仮にも彼氏だぞ！」
「はいはい。それであのチャラ男が朔龍の副総長の拓哉。そして、あそこにいる我らが総長が仁さん」
「俺らは18歳。高校でいえば１つ年上の高３だな」
　さっきまで、やいやいと言っていた拓哉さんが言った。
　えーっと、拓哉さんに……仁さんに菜摘さん。
　一気に情報が入ってきて頭がパンパンだ。
「綾瀬結実、高校２年です……」
　あたしも、再び自己紹介する。
「高２って、あたしと同じじゃーん！」
　菜摘さんがグイグイと近づいてくる。
「は、はい……」

普段、あんまり人と関わらないあたしは、ド緊張でどうすればいいのかわからない。
　統牙と最初会った時もそんな感じだったな。
　だけど、不思議と嫌な感じはしなかったんだよね。
　いや……そりゃあ、チャラいし、オーラは怖くて道行くの人たちが統牙を見るなり逃げるように去っていくから、ちょっと疑っていたけどさ。
　あの時のあたしは限界でボロボロだったから……。
「てか、結実ちゃんすっごいキレイな顔してるっ！　羨ましいんだけど!!」
　いや……絶対に菜摘さんのほうがキレイな顔していると思うんですけど。
　それがたとえお世辞でも、今までけなされたことしかないからすごい嬉しいけどね。
「菜摘……近いから」
　そう言って、あたしから菜摘さんを遠ざける統牙。
　菜摘……って呼び捨てにしているんだ。
　そうだよね……あたしといるよりも菜摘さんといる時間のほうがずっと長いんだもん。
　呼び捨てにされている女の子は他にもいっぱいいるだろうし……あたしもその中の１人だけ。
　わかっている。
　あたしは統牙から友達のような家族のような愛をもらっているだけで……彼女じゃないんだもん。
　なのに、どうしてこんなに胸が苦しいんだろう。

「うわっ、統牙ってばヤキモチですかぁ〜？」
「……んなんじゃねぇよ」
　菜摘さんは拓哉さんと付き合っているから統牙とは男女の関係ではないのに、そんな２人の会話すら仲よさそうに見えて……。
　そんな自分が嫌になる。
　なんとなく前を向いた時、正面にいた仁さんとバチッ、と目が合った。
　なんか恥ずかしくて、すぐ逸らしちゃったけど。
「それで、結実ちゃんはこれからどうするの？　うちらのグループに入るの？」
　ええっ!?
　あたしが朔龍のメンバーになるの!?
　ケンカとかできないんですけど……どうしよう……っと１人で焦っていると横から声がした。
「結実はケンカとかはできないんで……。俺が面倒見ます。だから、俺が来る時は結実もここに連れてきたいです」
「お前、ここに結実ちゃんを連れてくるって……」
　拓哉さんの表情が一気に真剣な顔つきに変わる。
　菜摘さんも心配そうに眉を下げている。
　どうしたのかな……？
　あたしがここに来ちゃダメな理由とかあるのかな？
　ケンカができないとダメなの？
　それとも違う理由があるの？
　それなら教えてほしいんだけど……。

「お前、わかってんのか？　ここには敵がいつ攻めてくるかなんてわからねぇんだぞ」
　そうか……ここは朔龍のみんなが集まる場所。
　敵グループが隙を狙って、ここに攻めてくるかもしれないってことか。
「俺らはそこらの族とはちげぇんだぞ。朔龍は全国ナンバー１で、その中でナンバー２のお前が狙われることは免れねぇんだぞ」
　えぇ!?　朔龍って全国ナンバー１になるくらい強いの!?
　な、なんかあたし、すごいところに来ちゃった気がする。
「わかってます。俺が何がなんでも結実を守ります」
　統牙のその真剣な声と顔に、あたしの胸は不謹慎だけどトクンッと高鳴った。
「そいつ、菜摘みたいにケンカもできねぇんだろ？」
　えっ、菜摘さんケンカできるの……!?
　そこにいちばんビックリしたよ。
「だから、俺が守るんです」
「お前な、いくら自分の腕に自信があるからって……」
「結実を１人で家に置いとくほうが心配なんです」
「１人にさせて心配するより、俺がそばで見守っててやりたいって思うんですよ……」
　なっ……。
　あたしは統牙の隣で、赤くなっていく顔を隠すかのように俯いた。
　統牙はいちいち言葉がストレートすぎる。

ほんとに心臓に悪い。
　　不意に、こういうことを言うから……。
「……なら、ちゃんと守ってやれよ」
　　仁さんはしぶしぶ頷いてくれた。
　　統牙の言う通りだな。
　　ここの人たちはいい人ばっかり。
　　お互いのことを信用しているからなんだろうな。
「ありがとうございますっ……！」
　　統牙が深々と頭を下げた。
　　どうして……統牙はあたしのためにこんなに頭を下げてくれるんだろう。
　　プライドが高そうな統牙。
　　なのに、会ったばかりのあたしのために……。
　　考えれば考えるほど、不思議でたまらなかった。
　　これが、統牙の言う『俺が愛してやるよ』の意味なの？
　　でも、統牙があたしのために動いてくれるたびに……冷えきっていた心が温かくなる気がした。
「とにかく、朔龍の会議は来週になったから。今度はちゃんと来いよ」
　　朔龍の会議……？
　　なるほど、あの日はそれがあったのか。
　　中止になったとはいえ、そんな大事そうな会議をほったらかして……あたしを拾ってくれたんだろう。
「わかりました。じゃあ、失礼します」
　　統牙が一礼して、部屋を出ていく。

あたしもそれを追いかけるようにして一礼した。
だけど、部屋を出る時に一瞬……ほんの一瞬だけど仁さんと再び目が合った気がした。
それも、あたしに微笑みかけていたように見えた。
でも、きっと気のせい。
あたしは自分にそう言い聞かせた。

「ふぅ～……」
部屋を出て、すぐに深呼吸をした。
あんなに緊張したのは初めてかも……。
暴走族のトップの人たちが、あたしを興味深そうに見ていて……ビックリしちゃった。
今まであたしは空気のように生きてきたから。
誰にも見られることもなく、まるでこの世に存在していないかのように扱われてきたんだ。
「ここにいる奴らは、お前みたいな悩みを抱えている奴らばっかりだ……」
ここは２階だから、下にいるみんなを見下ろす形になる。
ここからだと倉庫全体が見渡せる。
ほんとにいろいろな人がいるのだと改めて思った。
すごく奇抜な髪型の人もいれば、すごーく地味そうな人もいる。
もちろん、その中にはケバいのギャルみたいな女の子もいる。
「統牙も……そうなの？」

みんなってことは今、あたしの隣にいる統牙だってそうなのかもしれない。
　さっき、あの場にいた総長さんも。
　副総長さんも菜摘さんだって……。
　だけど、あたしすぐに、それは聞いちゃいけないことだったのだと後悔した。
　だって、統牙の表情がみるみるうちに曇って、足元に視線を落としたから。
「ごめん……何も言わないでいいから」
　そうだよ。
　今のあたし、すごく失礼な奴で最低な奴じゃん。
　自分は家のこととか何も話さないくせに、人のことだけ聞こうなんて、ずるい話だ。
　でも……統牙のこともっと知りたい。
　そう思ったのは嘘じゃない。
　苦しいなら、助けてあげたい。
　もし暗闇の中を１人でさまよっているならば、あたしが光になって手を差し伸べてあげたい。
　そこから救ってあげたい……。
　そう思うんだ。
　この気持ちが何なのかはわからないけど……。
　あたしが言ったからかどうかはわからないけど、統牙はあたしの質問に答えることはなかった。
　きっと……話したくないんだろうな。
　つい最近、出会ったばっかりで……時間にすればすごく

短時間。

　信頼関係だって築けていない状態なのにあたしはなんてことを聞いたんだろう。

　でもね、ちょっとぐらい期待していた。

　こんなにあたしのためにいろいろとしてくれて嬉しかったし、勝手に親近感もわいちゃって、ちょっと仲よくなれたかなぁ？　なんて思っていた。

　だから、話してくれるかなぁ……なんて淡い期待もしていた。

　だけど、それはあたし、1人だけが勝手に思っていたことで、統牙はあたしのことをなんとも思っていなかったみたい。

　ちょっと期待していた分だけ、結構辛かったりもする。

　それから、いろいろな人に話しかけられたけど統牙がうまくかわしてくれた。

　女の子とはちょっとだけだけど、話せるようにもなったし、ここに来てよかったかも。

　それに、なんとなく話の合う女友達もできた。

　友達ができたことはある。

　だけど、全然仲よくなれなくて、結局、悪口言われまくって変な噂を流されて最悪なまま関係は終わった。

　本当、ろくな友達に恵まれなかったよ。

　今日、ここで仲よくなったのは、あたしよりも1つ年下の千香。

　千香もあたしと同じ高校に通っていたみたいだけど、合

わなくて辞めたんだって。
　見た目はちょっと派手だけど、話してみたら案外ピュアだった。
　なんか……いつの間にか、ここにいるのが楽しくなってきた。
「ねぇ、結実！　結実って統牙さんとどういう関係なの!?」
　統牙は竜也さんたちと少し離れたところで話していて、あたしたちは女２人だけ。
　統牙はそばにいるって言ってくれたけど、千香と２人で話もしたいしと言って、竜也さんたちのところに行ってもらった。
「ど、どんなって……ルームメイトみたいな？」
　ルームメイト……っていうか、あたしが居候しているだけなんだけどね。
「えぇー!!　一緒に住んでるのっ!?」
　千香は大きな目を丸くして驚いた。
　えっ……そんなに驚くところ？
　こっちが逆にビックリしちゃうよ。
「そんなに驚かないでよ」
「いやいやいや、かなり驚くところだよ!?」
　千香には敬語は使わないでって言ってある。
　なんか敬語だと親近感がなくなっちゃうっていうか……なんか嫌なんだよね。
「別に一緒に住んでるって言っても何もないよ？」
「えっ……!?　何もないの!?」

「なんでそんなに驚くのさ〜」
　逆に何かあるほうがビックリするでしょ？
「いや……だって相手はあの統牙さんだよ？」
「あー……遊び人なんでしょ？」
「うん。かなりヤバかったよ」
「そんなに？」
　みんな言っているけど、そんなにヤバかったの？
　てか、何がどうヤバかったんだろう。
　あたしには、まったくわからないんですけど。
「うん。毎日、違う女を抱いてたんだってさ。菜摘さんとも関係を持ったことあるらしいよ」
「えっ……菜摘さんとも？」
　驚いたけど、なんか納得いくような気もする。
　さっき、あの2人が仲よさげに見えたのは、そういうことだったのか。
　2人は昔、関係を持っていたんだ。
　だから、名前で呼び合って……親しげだったんだ。
　あたしと出会う、ずっと前から……。
　胸にズシリッ、と重い石を置かれたような気持ちになる。
「そそ。菜摘さんは本気で惚れてたんだけど、統牙さんにその気はなかったみたい」
　あたしは何も言えなかった。
　喉に何かが、つっかえているみたいで苦しくなる。
　わかっていたよ……統牙がいろいろな女の子と関係を持っていたことぐらい。

でも……なんでそれがこんなに苦しいの？
「統牙さんはちゃんと最初に言っていたみたいだけどね。『俺は、お前を好きにならない。傷つきたくないなら帰れ』ってね」
　なんか、統牙ならそう言いそうだ。
「そ、うなんだ……」
　ねえ、あたし……気づいちゃった。
　さっきから苦しいこの胸の痛みの理由が。
　きっと、あたし……統牙のことが好きなんだ。
　だけど、この気持ちが確かかどうかはわからない。
　人を好きになるなんて初めてだし、どんな気持ちなのかもわからないだもん。
「結実ってさ……統牙さんのこと気になってるでしょ？」
「ひぇっ……!?」
　図星を突かれて思わず、動揺してしまう。
　今、自分で気づいたばっかりなのにどうしてわかるの!?
　もしかして、口から出ていた？
「ふふっ、図星だぁ～」
「そ、そんなこと……!!」
「もう隠しても無駄だぞぉ～っ!!」
　ツンツンッと、あたしのほっぺを人差し指でつつく。
「わからないよ……だって、あたし……人を好きになったことないし、愛がなんなのかもわからないし」
　誰からも本気で愛されたことがないあたしが、人を愛すなんてありえないことだと思っていたから。

もしそんなことがあっても、そんな気持ちは、すぐに薄れてしまうんじゃないか……って思ってしまう。
「愛なんて……その人の捉え方次第で、いっぱいあるもんなんだよ」
「捉え方……？」
「そうだよ。だって、人それぞれ捉え方なんて違うじゃん。だから、この世にいっぱい愛が溢れている……だけど、それに恵まれない人もいるけどね」
　恵まれない人……それはきっと、あたしのような人を言うのだろう。
　あたしからすれば、"愛"なんてどんなに手を伸ばしても届くことのない幻みたいなもの。
「そうだね……。なんか、千香が大人に見えたよ」
　きっと、千香にも誰にも言えないような心の闇があるんだろうな。
　いつか……あたしたちもお互いのことを話し合えるような関係になれたらいいな……って柄にもなくそう思った。
「むーっ！　あたしはいつでも大人でーす」
「はいはい」
「あっ、今サラッと流したでしょ!!」
　千香のリアクションが面白くて、ついつい声を出して笑ってしまう。
　あたし……こんなに笑えたんだ。
　その時、知らない自分を見つけたような気がした。
「ねぇ、統牙ってケンカ強いの？」

さっき『次期総長』とか『ナンバー２』だって言われていたけど……。
「すごく強いよ。統牙さんが敵わない人は総長くらいだよ」
「そうなんだ」
「朔龍も他の族も統牙さんのことは一目置いてるみたいで、尊敬してる人も多いって聞くよ」
　やっぱり、統牙はすごいんだね。
「まあ、それが気に食わなくて統牙さんのことを潰そうとしている族もいるけど、総長と統牙さんがいる朔龍に敵うわけなくて、逆に潰されて終わり。今までもそんなことがたくさんあったよ」
「なんか、朔龍ってすごいね」
「でしょ？　だから、あたしはここにいられることが幸せだし本当に誇りだよ」
　ニッコリと、かわいらしい笑みを浮かべながらそう言った千香。
「ちなみに、統牙さんと仲のいい竜也さんもケンカが強いから、次の副総長に選ばれるんじゃないかって言ってた」
　へぇ……竜也さんもケンカが強いんだ。
　この場所は朔龍のみんなにとって、とても大切なのだと思った。
　統牙が信頼をおいていて、"朔龍"が大好きだという気持ちが少しわかる気がした。

「おい、そろそろ帰るぞ」

２人で楽しく話していると、統牙があたしを迎えに来た。
　スマホで時間を見ると、もう19時だった。
　もうこんな時間なんだ。
　恋バナをしたばかりだったからなのか、千香がニヤニヤと笑ってあたしを見ている。
「う、うんっ……！」
「バイバイ、結実！　すっごい楽しかった‼　また今度来た時も絶対に話そうね〜。統牙さんと進展あったらちゃんと教えてね〜！」
「またね〜！」
　冷やかすように言った千香に全力で手を振る。
　本当に楽しかった。
　女子と話すのが、こんなに楽しいものなんて思っていなかったよ。
　連絡先も交換したし……。
　そういえば、統牙の連絡先を知らないな……。
　あたしと統牙の関係も進展できたらいいのになぁ。
　なんて叶いもしないことを思いながら、統牙にバイクに乗せてもらい、家まで帰った。

第 2 章

世界が変わる瞬間

「千香と何を話してたんだ?」
　家に帰って、コタツに入ってまったりとした時間を過ごしていると、向かいで寝転がっていた統牙が言った。
「ガールズトーク」
「なんだよそれ」
　あたしの返答に統牙の顔は不満そう。
「女の子だけの秘密だもん」
　あんな会話、統牙に言えるわけないじゃん。
　統牙のことをガッツリ話していたんだから。
　聞かれたら、二度と統牙の前に立てない。
「俺に隠しごと?」
「だって統牙には関係ないもーんっ」
「お前のことは俺に全部関係ある」
「なんでよ……!」
「結実も言わねぇから教えてやらねぇ〜」
　なっ……酷い奴だ。
　そんなこと言っても、絶対に話さないからねーだ!
「いいし、別に」
「はいはい。そんな拗ねんなって」
　不意に統牙が起き上がる。
　すると、彼の大きくて男らしくてゴツゴツした手が伸びてきて、あたしの頭を優しくポンポンッ、と撫でる。

ほら……またこうやって無意識に、コイツはこんなことをしてくるんだ。
　こんなことをされるたびにあたしが赤い顔して、ドキドキしているなんて思ってもないんだろうけど。
「あーっ、またそうやってすぐ人を子ども扱いするー!」
　あたしはドキドキと赤い顔を隠すかのように反論した。
　統牙は、あたしを子どもとしてしか見ていないんじゃないのだろうか?
　だって、ベビー服の件もそうだし。
　自動販売機でジュース買う時も自分はコーヒーを押すくせに、あたしの時は牛乳たっぷりココアを買って渡してくるんだから。
　まあ、あたしはコーヒーが飲めないからそのほうがよかったけどさ……。
「だって、子どもじゃん?　目、離すとすぐいなくなる」
「なーっ!　あたしは問題児かい!!」
　全然いなくなっていないし!
　むしろ、あんたにこれでもかってぐらいくっついていますよ!!
「かわいいかわいい、俺の子ども」
　か、かわいいって……。
　わかっている。深い意味のない、調子のいい言葉だってことぐらい。
　だけど、なんか嬉しくて。
　おかしいな……いつもはこんなこと思わないのに。

「か、勝手に子どもにしないで……!!」
「ぷっ……必死だけど顔真っ赤……」
「み、見ないで……!!」
　慌てて、耳まで真っ赤な顔を手で覆う。
　何やってんのよ、あたし。
　こんなんじゃあ、バレバレじゃん……!!
「見んなって言われたら見たくなる」
　そう言うと、あたしの顔を覆っている手に統牙の冷たい手が触れた。
　冷たいその手を、あたしが温めてあげたい。
　不意にそう思った。
　そして、統牙の手によって、あたしが顔を覆っていた両手が顔からはがされる。
　当然、あたしの真っ赤な顔は統牙に丸見え。
　は、恥ずかしい……。
　なんであたしがこんな目に……統牙は何も言わずに、あたしの顔を見つめている。
　少し見上げると必然的にぶつかり合う視線。
　吸い込まれそうなその瞳。
　でも、どこか寂しさが滲み出ているような気もする。
「俺……耐えられっかな……」
　ボソッと呟かれたその言葉。
　次の瞬間……。
「え……?」
「ちょっとだけ我慢して」

いつの間に移動したのか、統牙の温もりに包まれた。
　ど、どういう状況……!?
　あたし、なんで抱きしめられているの……!?
　我慢って、何を我慢するの……!?
「と、統牙……？」
　トントンッ、と統牙の背中を軽く叩く。
「結実がかわいすぎるから、必死に理性と戦ってんの」
「ま、またからかって……」
「俺にしては偉いほうじゃね？　いつもだったら、絶対耐えてねぇからな」
　統牙はあたしの言葉を遮って話す。
　てか、あたしの耳元で、さっきから凄いこと言われているんだけど……!!
「え、偉いね。よーしよし……っ」
　抱きつかれた状態で統牙の頭を精一杯優しく撫でる。
　……好きだよ。大好き。
　好きという気持ちがこんなに溢れそうになったのは、生まれて初めてだよ。
「あの、それ逆効果なんだけど」
「え？」
「バーカ……無意識に煽ってんじゃねぇよ」
「あ、あおっ……!?」
　全然そんな気なかったから……ビックリする。
　あたしはただ、統牙への気持ちが溢れそうで頭を撫でちゃっただけで。

決して、そんなつもりじゃなかったんだよ!?
　でも、統牙のことが好きだから……なんて口が裂けても言えないから、あたふたしてしまう。
　あたしたち……付き合っていないんだよね。
　統牙の気持ちもわからないまま。
　統牙はあの日……どんな気持ちで、
『俺が愛してやるよ』
　なんて言ったんだろう。
　あたしはこんなに好きだけど、統牙はわからない。
「安心しろ。手は出さねぇから……たぶん」
　た、たぶんって何……!?
「すっごい心配なんですけど」
「はぁ？　この俺様がこんなに我慢してやってんだから信じろや」
　統牙が、あたしを抱きしめる力を強める。
　ああ……統牙はここにいる。
　あたしの好きな人が……。
　初めて……信じてもいいかなって思えた人。
「仕方ないなぁ、信じてあげる」
　この気持ちは伝えてはいけない。
　もし、伝えてしまったら、もうここにいられない。
　愛されないことに、またショックを受けてしまう。
　だから、胸の奥に大切に閉まっておくよ。
　統牙のさりげなくて温かい優しさが、あたしの凍えきった氷のような心をどんどん溶かしていく。

そして溶けた氷が水になって、統牙への気持ちに変わっていくような……そんな気がする。
　——このまま、離れたくない。
　本当にそう思った。
　心から幸せだと……。
　ギューッと統牙を抱きしめる。
　一度抱きしめたんなら、離してやんないんだから。
「俺……お前のこと拾ってよかった」
　ちょうどいい低さで少し甘い……あたしの大好きな声が耳に届いた。
「あたしも……見つけてくれたのが統牙でよかった」
　あの時、あたしの涙をそっと優しく拭ってくれた君。
　あたしの悲しみの雨を止めてくれた。
　そして、あたしに初めて"愛"をくれた。
「やけに素直だな」
「たまにはいいでしょ……？」
　見栄を張ってばっかりじゃダメだと、統牙に出会ってから思うようになったんだよ。
「そうだな」
　耳元で聞こえる統牙の声の音色が、妙に心地よくて眠くなってくる。
「なぁ、結実……」
　ウトウトしていると、不意に呼ばれた名前。
　思わず、ドキッとしてしまう。
　いまだに慣れないなぁ。

「なにぃ？」
　眠い目を擦りながら、統牙と向かい合う。
　すると、いつになく真剣な表情を浮かべた統牙が視界に入った。
　急にどうしたんだろ……？
　さっきまで、あんなにふざけ合っていたのに。
　急に不安が襲ってくる。
「俺の女になって……くれませんか？」
　静寂に包まれた部屋の中、統牙の声と時計の秒針がチクタクと動く音だけが聞こえる。
　どうしてこんな展開になっているの……？
　開いた口が塞がらないとは、こういうことを言うのかもしれない。
　突然の告白に、あたしは大きく目を見開いて何も言えなかった。
　だって、あたしが欲しかった言葉を統牙が言ってくれているんだよ？
　耳まで真っ赤にしてさ。
「……やっぱ、俺じゃダメ？」
　サラサラな前髪からのぞく瞳が、ドキッとまたあたしの胸を高鳴らせる。
「ううん。統牙がいい、統牙じゃなきゃ嫌」
　あたしが心から好きになれた人。
　キンキンに冷えきっていた心を、たった数日で溶かしてくれた人。

そして、あたしの世界に光をくれた人。
　きっと、この人はあたしにとって必要不可欠な存在なんだろうな。
　出会って間もないのに、こんなに好きになれるなんて思いもしなかった。
　すごく幸せで、フワフワした気持ちになる。
　両想い……その響きがとっても嬉しくなった。
「そう言うと思ってた」
　偉そうにそう言うとふわっ、と微笑んだ統牙。
　俺様なセリフなのに不思議と嫌な気持ちにはならない。
　でも、あたしはちゃんとわかっているよ。
　そのセリフは照れ隠しってやつでしょ？
　だって、いつもは絶対、あたしには使わない敬語を使っていたもん。
　実は、すごく緊張していたんでしょ？
　プライドが高い統牙のことだもん。
　そんなこと絶対に言わないと思うけどね。
「何よ、偉そうに。耳まで真っ赤して緊張してたくせに」
　そう言ったあたしの顔も真っ赤なんだけどね。
　あたし……統牙の彼女になったんだ。
　そう思うだけで頬が緩む。
　こんなに幸せな気持ちになったのは生まれて初めてだ。
「お前だってそんなこと言ってるけど、ニヤけてんぞ」
「嬉しいから仕方ない」
　言い訳できないくらい、心の底から嬉しいんだもん。

あとで千香に報告しなきゃ。
「っ……はぁー……お前ってほんと無自覚」
「ん？　なんか言った？」
「俺から離れんなよ」
　また……こうやってストレートな言葉をぶつけてくる。
　嬉しいけど、すごく嬉しいけど、心臓が破裂しそうなぐらいドキドキしている。
「わ、わかってるよ……！　落とされそうになっても、しがみつく‼」
　この先、どんな女の子が現れても、あたしは統牙から離れるつもりもない。
　……というより、もう離れられないんだ。
　君なしじゃ無理で、もう１人には戻れない。
「ぷっ……ほんと飽きねぇ奴だわ」
　手で口を押さえてクスクスと笑っている。
「なっ、何よ……‼」
「結実が好きってこと」
「い、意味がわからないんですけど……‼」
　全然意味が通じないんですけど‼
　好きなのになんで笑っているわけ⁉
「グチグチうるせぇ口だな」
「ちょっ……！　んっ……」
　統牙の声が聞こえてきたと思った瞬間、あたしの口は統牙の唇によって塞がれた。
　自分でもビックリするぐらい甘い声が漏れる。

キ、キス……。
　一応、ファーストキスなんだけど……。
　なんか一瞬だったのに、幸せな気持ちが込み上げてくる。
「き、キス……」
「俺の口で塞いじゃった」
　平然とした顔でなんてことを言うんだこの男は……！
　でも……統牙……キスするの慣れていたなぁ。
　他の女の子ともいっぱいキスして、それ以上のことも簡単にこなしていたんだろうな。
　そんな統牙からしたら、あたしみたいな恋愛初心者は物足りないんじゃ……？
「なっ……！」
「他の奴に塞がれねぇようにしとけよな」
　いちいち、統牙の言葉は心臓に悪い。
　でも、不安な気持ちを知らない間に吹き飛ばしてくれるから不思議。
「と、統牙も……他の女にこんなことしたらぶっ飛ばすからね」
「あたりめぇだろ？　俺、自分でもビックリするぐらいお前に夢中だもん」
　ほらほら、またそういうこと言って……あんたは、あたしの寿命を短くさせたいの？
　ぼぁぁぁっと顔が熱を持って赤くなっていく。
　顔が熱い～……。ついつい、手のひらで扇ぎたくなるぐらい熱い。

全部、統牙のせいだ。
　でも……それは嬉しいことなんだけどね。
「……うん。あたしも自分が誰かのことをこんなに好きになれるんだって初めて知った」
　もし、君が涙を流した時は、あたしの涙を優しく拭ってくれたように、あたしが君の涙を拭ってそっと抱きしめるから。
　愛を知らなくても……人は誰かを好きになれるんだね。
　愛し方を知らないのに、知らない間に学んで形にしているんだ。
　──ギュッ。
　再び、統牙に抱きしめられた。
「なぁ……」
　真剣味を帯びた声にドキッとしてしまう。
「ん？」
「俺、お前のことすげぇ大事にするから……」
「……統牙」
　統牙の想いが、じんわりと伝わってくる。
　きっと、少し前までの統牙は女の子と遊びまくって荒れに荒れていたんだろう。
　でも、不思議と私への気持ちを疑わなかった。
　この人ならきっと大事にしてくれる……直感的にそう思ったから。
「いつか……言いたくなった時に言えばいい。そん時は俺がお前の全部を受け止めるから」

統牙はもう全部わかっているんだろうな。
　あたしに何かあったことぐらい。
　でも、きっとあたしが話したくなるまで待っていてくれるんだ。
　もし、あたしなら聞きたくて仕方ないのに……その気持ちを抑えて……。
　改めて、この人を好きになってよかった……そう思った。
「統牙……好きだよ」
　俺様で強引だけど、あたしに真正面からぶつかってきてくれて。
「うん、知ってる」
　そう言うと、もう一度あたしの唇にキスを落とした。
　そして、まるで壊れ物を扱うかのようにあたしの頭を優しく撫でる。
「……お腹すいたからなんか作ろっか」
　夜ご飯、まだだったし。
　きっと、統牙もお腹がすいているだろうし。
　こう見えても料理は案外できたりする。
　得意ではないけど、不得意でもない。
「俺は、お前を食いたいけどな」
「なっ……バカなこと言わないでよ」
「まあ、今日は我慢してやるよ。ってことで俺はカレーが食いてぇ気分〜」
「はいはい。じゃあ、作ってくるね」
　立ち上がり、キッチンへと向かう。

買い物はしてあったから食材はあった。
　冷蔵庫を開けて必要な食材を手に取る。
　慣れた手つきでトントンッと野菜を切っていく。
　ここに来た時から気になっていたけど、ここのキッチン、ほぼ新品な気がするんだけど……。
「統牙って料理とかする？」
　ソファでテレビを見ている統牙に、何気なく尋ねる。
「するわけねぇだろ。いつもコンビニ弁当」
　ですよね……確かにゴミ袋には大量のコンビニ弁当の容器が入っていた。
　失礼だけど、統牙の見た目から料理なんて言葉は出てこないもんね。
「も〜……コンビニ弁当ばっか食べてたら体壊すよ？」
「これからはお前がいるし。風邪ひいても俺にはかわいい看護師がいるし」
　ドキッとしたけど、最後の一言が胸に引っかかった。
　だって……かわいい看護師って誰のこと？
　もしかして、あたしの知らない誰か？
　統牙は顔が広いから、看護師の女友達がいてもおかしくはない。
　元遊び人だったわけだし。
「かわいい看護師……」
　口に出した時にはもう遅くて、その声は統牙に聞こえてしまった。
「誰だと思う？」

統牙がテレビを消して、キッチンへと歩いてくる。
　誰って……そんなのわからないよ。
　知り合ってまだ日も浅いし……。
　これからもっと知っていきたいな……って思っているところだもん。
「わからない……」
　ひたすら、野菜を切る。
　玉ねぎが目に染みて痛い……勝手に涙が出てくる。
　だけど、それを統牙に見られないように急いで拭う。
　勘違いされたら嫌だもん。
　はぁ、あたしってば何をしているんだろ。
　さっきまでは幸せだったのに、今はこんなにモヤモヤしちゃってさ。
　あたし、自分じゃそんなに単純な奴じゃないと思っていたけど、それは思い違いだったのかも。
「バーカ。お前のことだよ」
　耳元で囁かれたその言葉。
　統牙が、あたしを後ろから、そっと抱きしめる。
　うっそ……なんであたしなの？
「あたし、看護師じゃないよ？」
「俺が風邪ひいたら誰が看病してくれんの？」
「そ、それはあたしがするけど……」
　野菜を切りながら言う。
　耳元で聞こえる統牙の声に心臓が加速していく。
「じゃあ、俺限定の看護師じゃん」

俺限定……なんだかそれを聞いたら、さっきまでのモヤモヤが少しどっかに行った気がした。
「すっごい太い注射を打ってあげるからね」
　気分がラクになってそんなこと言ってみる。
「そんなことしたら、俺、泣くよ？」
「そんなの知らない。ていうか、離れてよ。お鍋が出せないじゃん」
　抱きつかれていたら、動きにくい。
　嬉しいんだけど……今は料理に集中していたい。
「俺も手伝う」
　え？
　まさかの発言に、あたしは自分の耳を疑った。
　料理もしたことない統牙が？
「なにポカーンってしてんだよ。いいだろ別に。俺だって１人じゃ暇なの」
　そう言って、あたしの体からしぶしぶ離れた統牙。
　確かに１人でテレビ見ているだけじゃ暇だもんね。
　まあ……手伝ってくれるのは嬉しいことだよね。
　子どもとかできたら、イクメンになってくれるのかなぁ？
　いやいや、まだ付き合ったばっかなのに結婚とか子どもとか早いってば……!!
　心の中で自問自答していると、統牙が不思議そうにあたしを見てきた。
「ふふっ、統牙は寂しがり屋さんだね」

そんなことを言いながら、再び手を動かす。
「それは結実だろ？」
「違うもん！　あたしは寂しがり屋じゃないよ」
　ずっと、1人でも寂しくなかったもん。
　1人には慣れているから寂しさなんて感じないもん。
「まあ、俺はどんな結実でも好きだけど」
　なっ……。
　いきなりすぎて、手に持っていたジャガイモを落としそうになっちゃったじゃん。
　サラッとカッコいいこと言うんだから。
　あたしだけドキドキしていて……統牙は何もないみたいにお鍋を取り出して準備を始めている。
「んで、こっからどうすんの？」
「えっ？」
　統牙に見とれていて聞いていなかった。
　見とれていた、なんて統牙には絶対言わないけどね。
「ったく……ボーッとしてたらケガすんぞ」
「統牙に言われたくないし」
「はいはい。早く教えてくれよ」
　それからあたしは、統牙にカレーの作り方や、お米の炊き方を教えてあげた。
　統牙は不器用で、野菜を切る時は危なっかしくてヒヤヒヤさせられたけど、2人で料理を作るのは新婚さん気分で楽しくてあっという間だった。
　カレーは味もおいしくて、統牙も喜んで食べてくれた。

それから、お互いお風呂に入ってベッドに入る。
　あたしはソファで寝るって言ったんだけど、『じゃあ、俺もソファで寝る』って言われて、『それじゃあ意味ないじゃん』って言ったら、『俺は結実と寝られるならどこでもいい』なんて言われたので、折れて一緒にベッドで寝るしかなかった。

　そして、今に至る……。
「じゃあ、おやすみ」
　そう言うけど、なかなか寝つけない。
　隣に統牙がいると思うと、ドキドキして眠れない。
　だから、ソファで寝たかったんだよね。
「ん。おやすみ」
　あたしは統牙に背を向けて寝転がっている。
　だって、向かい合わせとか緊張するじゃん……！
　統牙はもう寝ちゃったのかな……？
　不意に家族のことを思い出す。
　今頃……家族は、あたしがいなくなってどう過ごしているんだろ……。
　何もなかったかのように過ごしているのかな？
　それとも、あたしがいた頃よりもずっと仲よくなっているんだろうか。
　少なくとも、心配なんかしていないってことはわかっている。
　だって、一度メールが来たきり、なんの連絡もないんだ

もん。
　ちょっとぐらい期待していたよ？
　なんだかんだ連絡をくれるんじゃないかなって……。一方で痛いほどわかっているのに……あたしのために自分の時間を割いてくれるような人じゃないって。
　あんな人たち家族でもなんでもないのに……どうしてこんなに気になっちゃうのかな？
　それはまだ、あたしが家族に未練があるから？
　誰かに愛されたいから？
　わからないよ。
　あたしには統牙という頼れる人がいる。
　もう1人じゃない。
　だけど、それだけじゃこの心にぽっかりと空いた穴は塞がらなくて。
　空っぽだった心は統牙のおかげで、いろいろな感情で満たされてきたけど……。
　──ギュッ。
「……統牙？」
　夢でも見ているのかな？
　なぜか突然、あたしの体をきつく抱きしめた統牙。
「……眠れねぇんだろ」
　低くて甘い声が耳に届く。
　起きていたんだ……。
「統牙もじゃん」
「心配なんだろ？　自分の家が」

なんで……なんで全部わかっちゃうんだろ。
　あたしが悩んでいることも全部。
　まるで、あたしの心が丸見えみたいじゃん。
「……どうしてわかるの？」
「スマホを見てはいつも辛そうに顔を歪ませて、それでも無理して笑ってるのも知ってる」
　そんなところまで見られていたんだ……。
　ついつい気になって見てしまうスマホ。
　でも、あれから誰からの連絡もなくて本当はショックだったけど、それを必死に自分で否定していた。
「無理して笑ってなんかないよ。統牙といると自然に笑顔になるの」
　今まで、愛想笑いしかしてこなかったあたし。
　だけど、統牙といたら本当の自分になれて、自然と頬が緩んで笑顔になっている。
　でも、たまに……本当にたまに１人になったら不意に家族のことを思い出しちゃうだけで。
「そうか……」
　静かに落ちついた声が返ってくる。
「ごめんね……心配かけて」
　心配なんてかけるつもりじゃなかったのに。
　あたしってば、ダメダメだなぁ。
「いや、もっと心配かけてほしい」
　思ってもみなかった言葉に驚きが隠せなかった。
「え？」

「もっと、もっと結実の中で、俺がデカイ存在になればいいって思うから……」
「だから、俺の前では無理すんな」
　どんな顔して言っているのかわからないけど、素直に嬉しかった。
　統牙が、こんなにあたしを想ってくれているなんて知らなかったよ。
「ありがとう……統牙」
　統牙への想いが、また溢れそうになる。
　彼と出会えてよかった。
　大嫌いで、ずっと恨んでいた神様に少しだけ感謝したくなる。
　ありがとう、神様。
　統牙の温もりに包まれながらあたしは眠りについた。

かけがえのない存在

　統牙と付き合ってから数日がたった。
　千香に報告すると、自分のことのように喜んでくれた。
　そして倉庫には、ほぼ毎日のように行き来するようになっていた。
　学校へは一度も行かずに……。
　朔龍のみんなとも仲よくなってきて、友達っていいもんなんだなって思い始めていた。
　統牙とあたしが付き合っていることは、千香と竜也さんしか知らない。
　別に隠しているわけじゃないけど、言い振らすことでもないと思ったから。
　そして、今日は家にあたしの荷物を取りに行くことになっている。
　今日は平日。
　志穂はもちろん学校に行っているし、両親も仕事で家にはいない。
　幸い、家の鍵がスクールバックの中に入っていたからあたしは入れるってわけ。
　一応、この家の人間であったから不法侵入ではない。
「結実、起きろ」
「なんでこんなに早くから？　眠いんだけど〜」
　今の時刻は朝の４時。

家に行くには明らかに早すぎる。
　ここからあたしの住んでいた街までは、バイクで行けば、そう遠くない。
　30分もあれば、つくだろうし。
　なのに、なんでこんな朝早くから出かけるの？
「いいから、来いって。眠いなら甘ーいキスで目を覚ましてやろうか？」
「なっ……」
　その言葉で一気に目が覚めた。
「お、起きます起きます……!!　んっ……」
　そう言った時には、あたしの唇は塞がれていた。
「俺がお前とのせっかくのキスを逃すとでも？　おはようのチューもいい感じだな」
　呑気にそんなことを言っている。
　あたしの顔に熱が集まってくるのがわかる。
　朝から甘すぎでしょ……。
　統牙の甘い言葉とキスにしぶしぶ起きて準備をした。
　でも半分、寝ている気がする。
　きっと、脳の細胞はまだ寝ているよ。
「準備できたか？」
「うん」
「じゃあ、行くか」
　何も言わずに差し出された手。
　まだ家の中だというのに……それに駐輪場までそんなに遠くない距離なのに……。

わざわざ、手を繋いでくれる。
　それだけのことで、眠いのも吹っ飛ぶぐらい幸せな気持ちになる。
　あたしも何も言わずに、そっと自分の手を重ねてギュッと握る。
　だけど、その手はバイクに乗るために離れてしまった。
　統牙の手の温もりが名残惜しい気もするけど、やっと自分で乗れるようになったバイクにまたがる。
　いつものように統牙の背中に手を回す。
　そして、またうるさいエンジン音で走り出す。
　そんな音も聞き慣れてしまえば、あんまりうるさくないのかなって……。
　最近はそう思うようにもなっていたけど、やっぱりうるさいのはうるさいや。
　それにしても、どこに行くんだろ……？
　こんなに朝早くに行くところって……？
　まったく見当がつかないや。

　しばらくすると、潮の匂いがしてきた。
　もしかして、行くところって海……？
　視線を横に移すと、果てしなく続く青い海が見えてきた。
「統牙、行くところって海？」
「ん？　まあ……」
　なんでこんな季節に海なんだろ。
　もしかして、入る気じゃないよね？

さすがにそれはないよね。
統牙は駐輪場みたいなところにバイクを停めた。
あたしはぴょんっ、とバイクから降りる。
風がピューッと吹いて、あたしは髪の毛が暴れるのを押さえながら少しだけ自分の耳にかける。
「やっぱ、さみぃな」
「ほんとだね」
冬の海なんて初めてだ。
というよりも海なんて、もう何年も来たことがなかった。
「もっと近く行こうぜ」
そう言うと、統牙はあたしの手を握り、自分の服のポケットに入れた。
こういうのをさりげなくやってくれるところとか……結構好きだったりする。
言葉もいいけど、やっぱり行動で示されるほうが安心するっていうか……。
２人並んで砂浜を歩く。
歩くたびに、ちょっとずつ靴に砂が入ってくる。
「そろそろだな」
そう言うと、統牙は砂浜のちょうど真ん中あたりにちょこんと、座った。
あたしも統牙の隣に座る。
何がそろそろなんだろう……？
そんなこと思いながら、あたしは統牙の肩にちょこんと頭を傾ける。

すると、統牙もあたしのほうへ頭を傾けてくれた。
　海を眺めていると、どんどんと朝日が昇ってくるのがわかった。
「わぁ……!　すっごいキレイ……!!」
　あたしにはそれはまるで希望の光のように思えた。
　こんなに暗い世界を一気に照らしてくれるような……そんな希望の光。
「だろ？」
　自慢げに言った統牙。
　まさか……これを見せようとわざわざ早起きして来てくれたの？
「うんっ！　夕日は見たことあったけど朝日は見たことなかったから」
「これ、どうしても結実と見たかったんだ」
　朝日を眺めながらふわっ、と微笑みながら言った統牙にあたしは一瞬にして心を奪われた。
　カッコよすぎるでしょ……。
　ついつい、見とれてしまうほどカッコよかった。
「あたし……こんなに愛されたのも愛したのも初めて」
　誰からも愛してもらえなくて、なんでもないようなフリしていたけど、それが本当は寂しくて心の中では必死にもがいていて……そんな時、君がこの朝日のような眩しい希望に光のようにあたしを救ってくれた。
「あの日、本気でお前を愛してやりたいって思った。でも、その時は女としてじゃなかった。だけど、お前をどんどん

知っていくうちに好きになってた」

　初めて語られるあの日の統牙の心境に、あたしはただ頷いていた。
「あたし、家族からも学校からも見放されてるの」

　統牙には……もう全部話そう。

　どんなリアクションをされても、あたしが統牙を好きなことに変わりはないのだから。

　突然、そんなこと言い始めたあたしに、統牙は少し動揺している様子だった。

　でも、すぐにいつもの表情に戻った。
「あたしの家庭は複雑で。あたしのお母さんは、あたしが小さい頃に離婚していて、そのあと再婚したの。それが今のお父さん。そして、2人の間に生まれたのが妹の志穂。あたしは前のお父さんの子どもでもない。お母さんが1回目の結婚の前に不倫していた愛人との間にできた子なの」

　こんな話を誰かにするのは初めてで……ときどき、鼻の奥がツンとして言葉に詰まりそうになる。
「みんな昔からかわいがるのは志穂で、あたしは空気みたいに扱われていた。ちょっとだけあたしを愛してくれているのかなって期待もしていた。だけど、統牙に出会ったあの日、お母さんに生まれてきたことを否定されて……すごく辛かった」

　思い出すだけでも涙が出そうになる。

　全部、わかっていたのに……あなたは一度も、あたしという人を見てくれようとはしなかった。

「あたしは結局、誰からも愛されてなかったの。そんな時に統牙と出会って、生まれてきたことを初めて人に祝ってもらった。すっごく嬉しかったんだ……。あたしはほんとは生まれてきちゃダメだったんだ。自分でもずっとそう思って生きてきた」

　統牙は何も言わずに、黙ってあたしを見つめている。

「でも……統牙と出会った時に、あたし初めて生まれてよかったって思ったの」

　こんなあたしでも愛してくれる人がいる。

　そう思えた時に、心の底から生まれてきてよかったと感じたんだ。

「結実……」

「統牙に愛してやるって言われた時、嬉しくて……嬉しくて……あたし……っ、ずっと……誰かに、その言葉を言って、ほしかったんだ、と思う、の……っ」

　話しているうちに我慢できなくなって、溢れ出てきた涙があたしの頬をツーッと伝う。

「思い出すだけでも辛いのに話してくれてありがとな」

　ポンッ、とあたしの頭に置かれた大きくてあたしの大好きな統牙の手。

　涙でグシャグシャの顔を上げると、そこには優しく目を細めて愛おしそうに見つめる統牙がいた。

「こんなあたしでも……統牙はいいの？」

　こんなに誰からも愛されないあたしで……君はみんなから愛されているのに、あたしとは正反対なんだよ？

「言ったろ？　お前の全部を受け止めるって」
　優しい統牙の瞳で見つめられる。
「お前が愛されてないなら、俺がたっぷり愛してやるだけ」
　出た……また俺様発言。
　だけど、不思議と今は嫌じゃなくて嬉しい気持ちになる。
「統牙らしいや」
「だろ？　ほら、もう泣くなよ」
　統牙の手がスッとあたしの頰へ伸びてきて、流れる涙を拭ってくれた。
　そして、何も言わずに唇にキスを落とす。
「んっ……」
「これからもたっぷり愛してやるから覚悟しとけよ」
　あたしの視線の先にはドヤ顔をした統牙がいる。
　そんな統牙の言葉に嬉しくなって、満面の笑みで返した。
　それから、2人で砂浜でゆっくりと過ごしてから、またバイクに乗ってあたしの家へと向かった。

　久々に見た自分の家は大きく見えた。
　あたし、こんなところに住んでいたんだ。
「新築なんだな」
「うん……」
　そして、カバンの中から鍵を取り出してガチャッ、と開けて2人で中に入る。
　もちろん、その家には誰もいない。
　みんな出かけているから夕方まで帰ってこない。

まあ、そんなに長居するつもりもないけどね。
「統牙はリビングで待ってて。あたし、荷物まとめてくるから」
　さっさと荷物をまとめて帰りたい。
　こんな家にいつまでもいたら息が苦しくなる。
「ん」
　統牙の短い返事を聞いて階段をドタバタッ、と勢いよく駆け上がる。
　懐かしい自分の部屋。
　ここであたしは毎日過ごしていたんだ。
　ずっと……1人で。
　何を持っていこう……とりあえず服とカバンと……リュックサックに詰め込めるだけの荷物を詰めて、再び統牙のところに戻る。
「おまたせっ！」
「ん？　ずいぶん早かったな」
　統牙はソファにドシッ、と座っていた。
「早く帰ろ！」
「ったく……お前は泥棒かよ」
「ここは仮にも、あたしの前の家なんですー！」
「わかってる、そんなの。早く帰るぞー」
　そう言って、ソファから立ち上がりリビングから1人で先に出ていく統牙。
　あたしも、その背中を小走りで追いかけた。
　それから、バイクに乗って統牙の家まで帰ってきた。

「ただいま〜」
　あたしがそう言うと……。
「おかえり」
　隣から温かい声が聞こえてくる。
　そんなやりとりはどこの家でも当たり前のことなのに、そんな当たり前があたしにはなかったから、今こうやって誰かが応えてくれることが嬉しい。
　家に戻ると、時刻は9時半をすぎたところだった。
　あたしは持ってきた荷物を、統牙の部屋に置かせてもらうことにした。
「腹減った〜」
　そう言いながら統牙がソファにドカッと座ると、ギシッとスプリングが鳴った。
「はいはい、今から作りますよ」
「俺も手伝う」
　統牙は、初めてカレーを一緒に作ってから、たびたびあたしを手伝ってくれる。
　なかなか上達はしないけど、前よりは料理ができるようになってきた。
　まるで、新婚さんのように仲がよいあたしたち。
　そんな状況に思わず、頬が緩む。
　2人でご飯を作って、それを仲よく食べる。
　誰かと一緒にご飯を食べる……そんなことは滅多になかったから、今こうやって2人で会話をしながら食べられることにも喜びを感じていた。

それから、ご飯を食べ終わり統牙はソファに。
　あたしはその前にあるコタツに入った。
　うぅ～……あったかい。
　やっぱり、この時期にコタツは欠かせないなぁ～。
「俺もコタツ入るから、ちょっとあっちに寄れ」
　ソファに座るのをやめて、強引に隣に来てコタツに足を入れてきた統牙。
「ち、ちょっと……！　そんなに寄ったら、あたしが寒いじゃん!!　向かい側に行ってよ！」
　せっかく、温まろうと思ったのにさ。
　結局、統牙がいちばん温まるところにいるんじゃん!!
　１人でプンプンッと怒っていると、そんなあたしを見て統牙はニヤッと笑った。
　何よ、いい気味とか思ってんでしょ!?
　ほんと、優しいのか意地悪なのかわかんない奴だ。
「寒いなら俺があっためてやる」
　そう言うと、いきなりあたしを抱きしめた。
「ちょ……何すんのよ……!!」
　あたしは統牙の腕の中で暴れる。
　だって、こんなのズルいじゃん。
　あたしばっかりドキドキさせられてさ……。
「これで俺もあったかいし、結実もあったかい。一石二鳥ってやつだろ？」
「ぜ、全然違うし……！」
　いや、意味的には合っているんだけど……。

すると、統牙があたしから離れて自分の頭をあたしの肩に乗せた。
　どうしたんだろ……？
　怒っちゃったのかな？
「なぁ……俺の愛情、ちゃんと伝わってる？」
　弱々しい統牙の声に胸が締めつけられる。
　あたしが冷たくしたからショックを受けているの？
「……すっごい伝わってるよ」
　最近、すごく思うんだ。
　あたしって、すごく愛されているなぁって。
　そう思えるのは統牙のおかげだよ。
　優しく統牙のサラサラでキレイな金髪の頭を撫でる。
「もっと撫でて……俺……結実に頭撫でられんの好き……」
　うっ……統牙がすごい甘くてかわいすぎるんですけど。
　統牙はあたしの肩に頭を乗せながら、腰に手を回して器用に抱きしめる。
　こういう時は器用なんだから。
「結実の匂い……落ちつく」
「……」
「俺から離れたら許さねぇからな」
　甘い甘い統牙の言葉の数々に、あたしの鼓動は加速していく。
　統牙が甘すぎて、あたしの心臓が持たないんだけど。
「よーしよし、これからも大好きだよ」
　統牙の耳元で呟く。

今、あたしの肩に頭を乗せている統牙がかわいくて仕方ない。
　ずっと、見ていたいと……そう思う。
　愛おしいという言葉の意味がわかった気がする。
「……っ」
「わっ……！　と、統牙!?」
「そんなこと耳元で言う、結実が悪いんだからな」
　顔を上げた統牙はリンゴのように赤く頬を染めていた。
「ちょっ……！　いたっ……！」
　統牙があたしの首にキスをしたと思った瞬間、首元にチクッとした痛みが走った。
　ビックリして統牙のほうを見ると、あたしの首元を見て満足げに微笑んでいる。
「俺の女って印、つけておいたから」
　えっ……!?
　慌ててバッグの中から小さな鏡を取り出して、自分の首元を見る。
　すると、そこにはキスマークがつけられていた。
　うっそ……しかも、こんなわかりやすいところに。
　髪の毛で隠そうにも隠せないところだ。
　統牙のことだ、絶対わざとに違いない。
「こんな印つけなくても、あたしには統牙だけなのに」
　ボソッ、と呟いた言葉を統牙は聞き逃さなかった。
「俺だって……お前が好きだから不安なんだよ」
「え？」

「俺は独占欲強いし、目を離した隙に、お前がどっか行っちまうかもって心配なんだよ……」
　統牙も不安になるんだ。
　不安になるのはあたしだけなのかと思っていた。
　モテるし俺様でプライドが高い統牙は、不安になんてならないと勝手に思い込んでいたから。
「不安になるのは、あたしだけじゃないんだね」
「……俺だって人間だし」
「ふふっ、そんな拗ねないでよ」
　少し拗ねている統牙がかわいくなって、思わず笑ってしまう。
　珍しいなぁ、こんな統牙は。
「別に拗ねてなんかねぇし。いっつも拗ねんのは子どものお前だろ？」
　うわ……完璧にいつもの統牙に戻っている。
「あたしは大人だもん」
「ふーん……じゃあ……」
　統牙は何かを企んでいるような顔で、あたしの頬に手を当てる。
　統牙の手は冷たくて頬がひんやりとする。
　でも今、顔が熱いあたしにとってはいいかも。
「な、何……んっ！」
　いきなり、唇を塞がれた。
「ちょ……っ……んん……っ」
　でも、明らかにこの前とは違う感じのキスに混乱してし

まう。
「大人ならこんなキスも余裕だよな？」
　統牙はこんなキスをしているにも関わらず、器用に話す。
　あたしは、こんなにもいっぱいいっぱいなのに。
　今あたしの目の前にいる統牙は余裕そうで……なんだか悔しくなった。
「んんっ……と……うが……」
　でも、甘くてとろけてしまいそうなぐらいのキスにあたしはついていくのが必死で……息の仕方すらどうしたらいいかわからない。
　酸欠で苦しくなって統牙の胸をトントンッと叩く。
　すると、キスをやめてくれた。
　でも、いざ唇が離れてしまうと名残惜しさを感じる。
　こんな大人なキスは初めてで頭がボーッとしていた。
「大人のキスの感想は？」
「な、なんか……ボーッとするし、統牙が慣れてる感じであたしだけ初めてみたいで悔しい……」
　あたしだけ1人必死で余裕な統牙を見ていると、なんか悔しくなる。
　他の女の子ともこんなことしていたと思うと、イライラしてくるし。
「……ったく……ヤキモチとかマジでかわいい奴だな」
　ヤキモチ……？
　あたしはヤキモチを焼いているの？
「そんなこと言っても、このイライラは治まらないんだか

らね！」
　あたしだけが好きみたいで……ムカつく。
　こんなに愛されているってわかっているのに、なんかここまで慣れていると、やっぱり統牙と関係を持った過去の女の子たちにイラッとする。
　あたしだけがファーストキスも、その先の初めても……全部の初めてが統牙なのに……統牙のいろいろな初めてはあたしじゃない。
「あー……もう！　統牙の過去の女の記憶を抹消したい。統牙のファーストキスも初体験もあたしがよかった……もう!!　ムカつくムカつく!!」
　イライラして、そばにあったクッションで統牙を叩く。
　あーあ……こんなのただの八つ当たりじゃん。
　統牙に嫌われちゃう……。
　こんな最低なあたし……。
　——グイッ。
　いきなり統牙があたしの腕を掴み、グイッと自分のほうへ引き寄せた。
　至近距離にある統牙のキレイな顔に見とれてしまう。
　あたしはすっぽりと統牙の腕の中に収まる。
　そして、統牙はあたしの肩に顔を埋めて……。
「……じゃあ、最初は無理でも俺の最後の女に結実がなればいい」
　——ドクンッ。
　心臓が異常なほどに脈を打つ。

統牙の甘くて低いトーンの声は、あたしの心臓にダメージ大きいんだってば……！
「じゃあ、あたしの最初で最後の男になってくれる？」
「お前と付き合った時からそのつもりだっつーの」
　得意げにそう言うと、あたしの唇に再びキスを落とした。
「……仕方ないから、あたしが統牙の最後の女になってあげる」
　かわいくない言い方でごめんね。
　あたしは素直じゃないから。
「ふっ……生意気だな」
　統牙はおかしそうに笑うと、あたしの耳を甘噛みした。
「ひゃあ……!!」
　いきなりのことに変な声が出てしまう。
　い、今……み、耳を噛まれた……!?
「生意気な奴にはお仕置きしないとな」
　そこにはニヤリと笑っている統牙がいて……。
「なっ……」
　耳がどんどん熱くなっていく。
「よしっ、今から一緒に風呂入るか」
「……はぁ!?」
　何その"今からゲームでもするか"みたいなノリ。
　そんなノリ、あたしには通じないからね？
「嫌？」
　そ、そんな子犬みたいな目で見られても困るって……。
「い、嫌ってわけじゃあ……」

「じゃあ、いいな」
　嬉しそうに笑いながら立ち上がる統牙。
　コ、コイツ……ハメたな……。
　あたしが断れないの知っていて、わざとあんな顔をしやがった。
　でも、一緒に入ったら……やっぱりそういう展開になるよね？
　嫌じゃないんだけど……まだ心の準備ってやつができていないから怖い気もする。
「心配すんな。無理やり襲ったりしねぇから」
　あたしの頭の上にポンッと手を乗せ、あたしの心を読み取って安心させるかのようにぶっきらぼうに言った。
「う、うん！」
　統牙はあたしの気持ちをいつも優先してくれる。
　あたしが"嫌"って言えば何もしないし……きっと、すごく我慢してくれているんだろうな。
　改めて、あたしは愛されているなって思った。
　そして、あたしにとって統牙は、いつの間にか、かけがえのない存在となっているのだと実感した。

あたし以外の大事な人

　それから１ヶ月ほどたったある日。
　統牙といつものように倉庫へと来たのはいいけど、統牙は会議に行っちゃって１人ぼっち。
　そんな今日に限って千香も来ていない。
「なぁ、やっぱり次の総長は統牙さんだよな」
「だな。誰も文句はねぇだろ。総長たちもそろそろ引退するって言ってたしな」
　朔龍の人たちの会話が聞こえてきて、統牙の名前も出てきたから彼らの会話に耳を澄ます。
　仁さんたちってもうすぐ引退するの？
　もしそうなら、今日の朔龍の会議に統牙が出席している理由も納得がいく。
「だって、奇襲をかけてきた30人くらいを１人で倒したんだぜ。統牙さんマジ強ぇよ」
　30人を相手にしたの!?
　本当に統牙って千香が言っていたように、後輩からも先輩からも他の族からも注目されているんだ。
　でも、なんか心配だな。
　他の族からの奇襲なんて……。
　そんなことを１人で思いながらボーッとイスに座っていると……。
「……お前……統牙とほんとに何もないのか？」

突然、声をかけられて心臓が跳ね上がった。
　ちょっと……ビックリさせないでよ。
　寿命が縮んだ気がする……。
　その声の主は仁さんだった。
「あれ？　仁さん会議は？」
　仁さんなしじゃ会議は成り立たないんじゃ……？
　だって、ここのグループのトップだよ？
　もうすぐ引退するといっても、まだ朔龍の総長は仁さんなんだから。
「俺は今日はいいんだ。それより……どうなんだ？」
　どうって言われても……堂々と『付き合ってます！』って言えばいいの？
　なんか恥ずかしいし……なんて言っていいかわからずモジモジとしていると、
「言えないようだな。でもアイツのこと、俺はオススメしない」
　あたしのほうを見ることなく、まっすぐと前を向いて話す仁さん。
　えっ……？
　なんで……統牙はダメなの？
「人としてはいい奴だし信頼してるけど、男としてはオススメできない」
　それって……やっぱり元遊び人だから……？
　それとも統牙の言えない過去に何か関係あるの？
「どうして……どうしてそう思うんですか？」

感情を荒立てないようにできるだけ冷静を保つ。
「アイツは……女を本気で好きにはならない」
　そう言った仁さんはどこか寂しげな瞳だった。
　そっか……仁さんはあたしが知らない統牙の過去も全部知っているから……仲間思いの仁さんは統牙のことを思って悲しんでいるんだ。
「でも……統牙はあたしに……」
「似てるんだよ」
『好きだと言ってくれた』
　……そう言おうとしたら仁さんの言葉で遮られた。
　似ているってどういうこと……？
　ねぇ、あたしは誰と似ているの……？
　統牙は……あたしと誰かを重ねているの？
「似てるんだ、お前は。統牙が大事にしてた奴に」
　そう言われた時、大きな石で頭をガツーンと思いきり殴られたような感じがした。
　統牙は過去に……何があったの？
　君はその人とあたしを重ねて見ているの？
　だからあの日、あたしの涙をそっと拭ってくれたの？
　不安と疑問の両方が一気に押し寄せてくる。
「そ、んな……」
　それしか言葉にできなかった。
　統牙のことを信じていたい、そう思った。
　でも、どうしても疑ってしまう気持ちもあって、あたしの頭の中は仁さんの言葉のせいでグチャグチャだった。

なんか、全部わかった気がする。
　統牙があの日、家に招き入れたのも、『俺が愛してやるよ』という言葉をあたしに言ってくれたのも……。
　あたしに言っていたんじゃなくて、他の誰か……統牙の大切な誰かに言っていたんだ。
　そして、仁さんもその人の存在を知っているとなると、初めてあの部屋に入った時に目が合って微笑んでくれたのも納得がいく。
「傷つきたくなかったら、手を引け」
　仁さんは、悪気があってこんなことを言っているんじゃないっていうのはわかっている。
　だけど、仁さんの言葉は、とても深くあたしの心にグサリと刺さった。
　あたしはどうしたらいいの……？
　統牙とお別れしなきゃダメなの……？
　わからない、わからないよ。
　離れたくない……こんなに好きなのに。
「あたしは……統牙を信じたいです」
　だって、統牙から直接聞いた話じゃないもん。
「菜摘もそうだった……。だけど、菜摘は信じ続けていたけど結局は捨てられた」
　えっ……菜摘さんが？
　そういえば、千香も言っていたな。
　菜摘さんも統牙と関係を持っていたと。
「だから、統牙とは深く関わらないほうがいい」

「仁さんだからってそんなこと言わないで……!!」
　なんで……なんでそんなことを言うの？
　保てていたはずの冷静さを失っていたあたし。
「あたしは……統牙になら傷つけられてもいいです！　だって統牙は……あたしが初めて心から好きになれた人だから……っ」
　むしろ、ここで引き下がっても、結局は統牙の温もりや優しさを思い出して辛くなるのなら、このまま一緒にいて、いつか傷つけられるほうがマシ。
「俺が大事にしてやる……」
「えっ……？」
　真剣な眼差しで見つめられる。
　その言葉はどういう意味で言っているの？
「統牙なんかよりもずっと……俺は総長だし、アイツよりも……守ってやれる」
　何……？
　この展開……。
　これって告白されているの？

「コイツは俺の女ですよ、総長」
　あたしと仁さんの間に入ってきた統牙。
　会議は終わったようだ。
「……ああ。そうみたいだな」
「いくら総長だからってコイツは譲れないです。だから、他を当たってください」

「……わかったよ」
　そう言うと、仁さんはスタスタと去っていった。
　なんなんだったんだろう、今のは。
　本気だったのかな……それとも遊び？
「で、結実ちゃんは俺がちょっといない隙に浮気してたの？」
　"ちゃん"づけはヤバイやつだ。
　これは逃げたほうがよさそう。
「あっ、あたし……ト、トイレ……！」
「逃がすかよ」
　グイッと腕を引っ張られて、統牙の腕の中にすっぽりと収まる。
　うっ……。
　ここ倉庫だよ？
　みんなに見られちゃうじゃん。
「ち、ちょっと……みんなに見られる……！」
「知ってる。見せつけてんだよ」
　み、見せつけている……!?
　そんなことする意味あるの!?
　恥ずかしいだけじゃん……!!
「結実は俺のってことを見せつけとかないと、お前はホイホイ他の男についていくからな」
「なっ……！　それってまるで、あたしが浮気者みたいじゃん！」
「うっせぇ、お前は俺だけ見てればいいんだよ」

なっ……。
　本当にこの男は無意識でこんなことを言っているのか、それとも計画的？
　いや、たぶん統牙のことだし……自分の気持ちを正直に言っているだけなんだろうな。
「よそ見すんなよ」
「わかってるよ……」
　でも、なんだろう……この違和感。
　さっきの仁さんの話が頭から離れない。
　──統牙は、あたしと誰かを重ねている。
　本当にそうだったら？
　あたしはどうしたらいいの？
　統牙のそばから離れなきゃいけないのかな？
「今日はもう家に帰ろうぜ」
「早くない？」
　いつもならもう少し遅くまでいるのに。
「ここにいると誰かさんが浮気しそうだしな」
「もうっ！　信用ないなぁ！」
「嘘だよ嘘。２人きりの時間も必要だろ？」
「なっ……！　毎日２人きりの時間じゃない……！」
「そんなんじゃ、足んねぇよ」
　そんなやりとりをしながら、あたしたちは倉庫を出て、家に帰ることにした。
　でも、あたしの心のモヤモヤは晴れないままだった。

「……結実」
　家についてすぐにソファに腰を下ろした統牙。
　その横に、ちょこんと座るあたし。
　いつになく真剣な統牙の声に少しドキッとする。
「何……？」
「……聞いたんだろ？　総長から」
「えっ……」
　なんでわかるの？
　あたし、そんなに顔に出ていたかな？
　統牙はいつだってあたしの変化に気づいてくれる。
「やっぱりな」
「全部は聞いてないよ。それは、いつか直接、統牙の口から聞きたかったから……」
　これは嘘偽りない本当の気持ち。
　いつか、統牙が話してくれるまでいつまでも待っているつもりだった。
「そっか……。でも結実も話してくれたし、俺もちゃんと話さなきゃな」
　統牙の顔はだんだんと暗い表情へと変わっていく。
「大丈夫だよ、統牙。あたしは統牙の過去を知っても嫌いにならない。むしろ、その悲しみを分かち合いたい」
　統牙が今思っていることが、ゆっくりと伝わってきた気がする。
　自分の過去を知って、あたしが嫌いにならないか心配になっているんでしょ？

あたしも統牙に話した時、そう思っていたもん。
　　だけど、統牙はあたしを大きくて優しい愛で包み込んでくれた。
　　だから、あたしも統牙みたいに大きな愛で統牙の悲しみを包み込んで、成長していきたいの。
「……ありがとな。結実。あれは、俺がまだ中学の時……」
　　統牙は一度深呼吸をしてから、ゆっくりと遠くを見つめながら話し始めた。
　　大丈夫、あたしは信じている。
　　統牙が、あたしを誰とも重ねていないことを。
　　もし重ねていても、嫌いになんてならないよ……というか、なれないよ。
　　あたしは統牙の話に黙って耳を傾けた。

過去

【統牙side】

　俺がどんなに悔やんでも、消すことのできないことが起こったのは、俺がまだ朔龍の存在を知る１年ほど前の中学２年の頃の話。

　その時は俺も、まだ純粋な男だった。

　自分でも認めるほど顔は整っていたから、女から告白されるのが日常のような感じだった。

　でも、あの時はちゃんと断っていた。

　誰かを好きになるとかわからなかったし、付き合う意味もわからなかったから。

　生まれ育ったのは、ごく普通の家庭だった。

　でも、強いて言うなら美形家族だった。

　仲のいい両親と１つ年下の妹と俺の、４人で仲良く暮らしていた。

　あの時の俺は汚れも闇も知らない、平凡だけど純粋で幸せな日々を送っていた。

　だけど、"それは"突然訪れた。

　俺が小６の時に、不慮の交通事故で仲がよかった両親が亡くなってしまったのだ。

　両親がいなくなってしまった以上、俺が妹を守らなきゃいけない。

　だから、毎日のように泣いている妹を抱きしめて『大丈

夫。俺がいるから』と慰めた。
　だけど、実際は俺も、誰もいないところで１人で泣いていた。
　妹の前では泣けないから必死に我慢して。
　プライドが高い俺は、弱い自分を妹に見せたくなかったんだ。
　残された俺たちは親戚の家に引き取られた。
　だけど、そこは地獄だった。
　慣れない環境に厳しい親戚。
　まわりの奴らからの痛い視線に、俺たち兄妹は生まれて初めて"闇"というものを知った。
　転校先で上手くやっていた俺はまだマシだった。
　でも、妹の鈴はなかなか上手くはいかなかったみたいで、鈴はどんどん変わっていった。
　見た目も性格もふんわりしていて、かわいらしかった鈴。
　だけど、両親が亡くなり親戚の家に来てから数ヶ月で、見た目はこれでもかっていうぐらい地味になり、オシャレをすることもやめた。
　性格も、いつもニコニコしていて明るかったのに、まるで人が変わったかのように内気で静かになってしまった。
　毎日のようにあった会話も、必要最低限のことしか話さないようになってしまった。
　でも、当時の俺は、鈴が変わっていくのを黙って見ていることしかできなかった。
"助けてやりたい"

"もう一度、明るい鈴に戻ってほしい"
　そう思うのに、繊細な鈴にどう声をかけていいのかわからなかった。
　鈴が苦しんでいることをわかっていたのに……。
　あの時、もし俺が鈴に声をかけていたら……何か変わっていたのかもしれない。
　そんな状況の中……最悪のことが起こってしまった。
　俺が変わるきっかけになった出来事……突然、鈴が自殺したのだ。
　両親が交通事故で亡くなった道路に、自分から飛び出して亡くなった。
　俺が病院に駆けつけた時、まだ鈴は生きていた。
　あの時のことは死ぬまで忘れられない。
『鈴っ……!!』
　鈴は病院のベッドで寝かされていた。
　医者からは、意識があるのが不思議なくらいだと言われていた。
　意識があった鈴は酸素マスクをつけながら、俺の頬に傷だらけの手を当ててやつれた顔で昔のようにニッコリと笑うと、『お兄、ちゃん……ごめ、んね……お兄、ちゃんだいすき、だよ……っ』
　それが、鈴の最後の言葉だった。
　鈴は……帰らぬ人となってしまったのだ。
　俺の、たった1人の妹だったのに。
　俺は本当にひとりぼっちになってしまったんだ。

あとから聞いた話だけど、鈴は学校でいじめられていたらしい。
　両親譲りの整った顔が、この地域では気に入られなかったようだ。
　それでも鈴は俺の前で一言もそんなことは言わずに、泣きもせずただ毎日を生きていた。
　親戚からも女だからといって厳しい言葉を浴びせられて、もう限界だったんだろうな。
　あんな細くて小さな体で１人……苦しみに必死に耐えていたんだ。
　どれだけ辛かっただろう。
　何度、１人で泣いたのだろう。
　生きていることがどれだけ苦しかっただろう。
　鈴の変化に気づいていたのに……いちばん近くにいたはずなのに……。
　俺は……鈴を救えなかった。
　俺が救ってやらなきゃいけなかったのに。
　鈴のことを守ると決めていたのに。
　俺には鈴に大好きでいてもらう資格も"お兄ちゃん"と呼んでもらえる資格もないのに……。"ごめん"と謝らなきゃいけないのは俺のほうなのに……。
　俺は、ただひたすら自分を責めた。
　もっと俺が大人で働ける年齢だったら、あの家を出て２人で暮らせたのに。
　何もできない自分の無力さに心底、腹が立った。

鈴をいじめていた生徒たちがいる学校になんか行く気にもなれずに、鈴に厳しい言葉を浴びせていた親戚の家も飛び出した。
　行くあてもないのに……。
　ダチんちに泊まらせてもらったり、そのへんをフラフラしたりしていた。
　そんな時に出会ったのが、仁さんだった。
　俺は暴走族なんてものとは縁のない生活をしていたから、最初は失礼な態度で喋っていたと思う。
　あの時、仁さんじゃなかったら、ボコボコにされて酷い顔になっていただろうな。
　だけど、仁さんはそんな俺を見てそっと手を差し伸べてくれた。
　そして、『俺たちの仲間になれ』そう言ってくれたんだ。
　俺は素直にその手を取り、朔龍のメンバーになった。
　黒かった髪の毛も派手な金髪にして、ピアスも開けて。
　みるみるうちに俺は変わっていった。
　それに、仁さんはなぜか鈴のことを知っていた。
　仁さんが当時、よく通っていたカフェに何度か鈴が来ていて話したことがあったらしい。
　だからこそ、仁さんは俺を助けてくれたんだと思う。
　その話を聞いて、世界って狭いんだな、鈴がつないでくれた縁なのかなって思った。
　中学の間は仁さんに面倒を見てもらっていたけど、中学を卒業して仕事をし始めてからは、倉庫の近くにマンショ

ンを借りて仁さんの家を出た。
　俺が女遊びを始めたのは、鈴がこの世からいなくなってしまった頃から。
　仲間はいる、自分がいるべき場所はある。
　それだけで幸運なはずなのに……どこか心にぽっかりと穴が空いているような気がして、それを埋めるかのように女遊びに走ったんだ。
　付き合うけど、期間限定。時がたてば別れを切り出す。
　自分でも最低なことをしていたと思う。
　でも、"好きにもならない"。
　それは関係を持つ前に女たちには言っていた。
　誰も好きになる気もなかった。
　もう、誰も失いたくなかったから。
　俺は今まで何人の女を傷つけてきたんだろう。
　それに、菜摘も傷つけた。
　今は拓哉さんと付き合っていて幸せそうだけど、俺と関係を切った時は、死んでるのか生きているのかわからないような……そんな感じだった。
　でも、傷つけて何も思わなかったわけじゃない。
　実際、俺も女遊びをやめようと思った。
　結局は無理だったけど……。
　俺は底なし沼にハマッてしまっていて、自分では出られなくなっていた。
　１人でいると、思い出してしまう。
　楽しかった……幸せだったあの日々を……思い出しては

虚しくなり、切なくなる。
　もう二度と戻ってこないあの日々を……。
　あんなにも明るかった俺の世界が、一瞬にして暗闇に変わって誰もいなくなった。
　どんなにもがいても、その闇からは抜け出せなくて、差し伸べてくれた仁さんの手さえも……1人になると消えてしまう。
　俺は誰もいない暗闇の中で必死に誰かを探しては、結局1人なのだと実感するだけだったのだ。
　そんな生活を送っていたある日、俺は朔龍の会議に出るために歩いて倉庫に向かっていた。
　その日は土砂降りの雨で、憂鬱な気分だった。
　だけど、そんな土砂降りの雨の中を傘もささずに1人俯いている女を見つけた。
　その姿は俺と同じような雰囲気を漂わせているような気がして、放っておけなかった。
　俺は女に近寄り、傘の中に入れて声をかけた。
　俺のほうを見つめる女の瞳からは、大粒の涙が頬を伝っていた。
　俺にはわかった。
　それは雨じゃなくて、泣いているのだと。
　その女は泣いているくせに俺に反抗してきて、第一印象は変わっている女だと思った。
　だけど、なぜかその女をこのまま放っておけなくて、気づけば家に連れ帰っていた。

その女は男慣れしていないのか、ちょっと目を合わせただけで、すぐに顔を真っ赤にさせて新鮮な反応をする。
　そんな女に俺は自然と興味を持っていた。
　ただの恋愛感情なんかじゃなく、長年の寂しさが埋まっていくような気がしたんだ。
　その女……結実を見ていると、どこか鈴を思い出して心が満たされるような気がした。
　こんなこと思ってしまう俺は、シスコンだったのかもしれない。
　鈴とはケンカばっかりしていたけど、大事な世界でたった1人の妹には変わりなかったから……いなくなるなんて思ってもなかった。
　結実が家で何かあったのは丸わかりだった。
　家の話をすると顔を歪ませて泣きそうな顔をするから。
　誰からも愛されていないという結実を、俺が救ってやりたい、幸せにしてやりたい。
　無意識にそう思った。
　鈴を救えなかったからこそ、結実は俺が救ってやりたい。
　たぶん……俺はどこか鈴と似ている結実を、もうこの世にはいない鈴と重ねて見ていたんだと思う。
　だから、手も出せなかった。
　でも……一緒にいればいるほど、当たり前だけど結実は鈴とは違うことを実感した。
　しかも結実といると、不思議とあの闇から抜け出せそうな気がしたし、あのイチゴミルクの飴の子だということも

わかった。
　これは運命だ。
　気づけば俺は結実のことを……いつの間にか本気で好きになっていた。
　最初は鈴と重ねていたのに、結実は俺を俺として見てくれたんだ。
　顔とかじゃなく、本気で真っ正面からぶつかってきてくれた。
　俺を『いい人』だと言ってくれた。
　俺が否定しても、ずっといい人だと思ってくれていた。
　強気なくせにすぐ泣くし、無自覚だけど……すっげぇ相手のことを考えていて、温かい優しさで俺を包んでくれるんだ。
　こんなにも誰かを愛おしいと思うのは初めてだった。
　鈴のことは忘れたわけじゃない。
　今だってたまに思い出して悲しくなるし、会いたくなる。
　だけど、最近は思い出すことが減った。
　それは結実が俺のそばで笑ってくれるから。
　いつの間にか結実は、俺の中で大きな存在になっていたんだ。
　そして、これが"好き"ということなんだと感じた。
　結実の心は叫んでいた。
『愛してほしい』と。
　俺にその心の声は届いた。
　だから今、こうして俺が隣にいるんだ。

お前を心の底から愛していると胸を張って言える。
　　今までの俺とはまったく違う。
　　まるで昔の俺に戻ったような気分。
　　そう思わせてくれたのも今、隣で俺の目を見て、真剣に話を聞いてくれているコイツのおかげだ。
　　あの日……見つけたのが俺でよかった。
　　家に連れてきてよかった。
　　生まれて初めて神様に感謝した。
　　試練ばかり与えてくる神様を、俺は恨んでいた。
　　でも、こんなご褒美をくれてありがとう。
　　鈴……。
　　お前は今、俺のことをあの空から見てくれている？
　　俺は……お前を守ってやれなかった。
　　苦しんでいるお前を救ってやれなかった。
　　最低な兄貴だよな。
　　恨まれても仕方ないと思っている。
　　鈴……会いたい。
　　もう一度、俺にあの眩しい笑顔を向けてくれよ……。
「鈴は俺が殺したんだよ……。俺が……しっかりしてれば、生きていたかもしれないのに」
　　ごめんな……鈴。
　　ダメな兄貴で……。

「引いた？　俺、最低だろ？　別れたいなら別れるから」
　　こんなことを話したのは、仁さんと竜也以来で妙に緊張

していた。
　引いて当たり前だと思う。
　こんな最低な俺なんだから。
　実の妹を自殺に追い込んだのは、いじめや親戚だけのせいじゃない。
　俺が……鈴に手を差し伸べることができなかったせいでもある。
「引くわけないじゃん……！　ありがとう、話してくれて」
　ああ……俺の彼女は、すげぇ優しい奴だ。
　俺の目の前にいる彼女は、涙を堪えているのか唇をグッと噛みしめている。
「……泣きそうじゃん」
　俺は結実の頭にポンッ、と手を伸ばす。
「今日は……泣かないよ」
　彼女は潤んだ瞳で俺の目を見て言った。
「……んでだよ」
　いつもなら、すぐに泣くくせに。
　同情していると思われたくないからか？
　そんなの俺は気にしないのに。
「だって、あたしが泣いたら統牙が泣けないじゃん……」
「えっ……？」
　予想外の言葉に俺は言葉を失った。
　自分が泣いたら俺が泣けないからずっと我慢してんの？
　どこまでお人好しな奴なんだよ。
「今日ぐらいは泣いてもいいよ。今度は全部、あたしが受

け取めるから」
　結実は震えた声でそう言うと、俺を強くギューッと抱きしめた。
　その優しい温もりに包まれた時、俺の中で何かがプツンと切れたようにポロポロと涙が溢れ出てきた。
「ぐっ……うぅ……鈴……」
　もうどんなに呼んだって戻ってこないのに。
　こんなことになるなら、もっと優しくてやればよかった。
　ケンカした時は謝ればよかった。
　いくら後悔してももう遅いのに、今まで我慢していた気持ちが次々と涙となって流れ出る。
　そんな俺の頭を優しく撫でてくれる結実。
「妹さんは統牙がお兄ちゃんでよかったと思うよ。だって、恨んでるなら最後に"大好き"なんて言わないもん……」
　そんな結実の言葉に少し救われた気がする。
　結実……お前は誰にも愛されていないって言っていたけど、それは間違っている。
　お前はたくさんの人から愛されている。
　じゃないと、こんなにも優しい人にはなれない。
　現にお前は、たくさんの人に愛されているんだから。

「なーんか、妬けちゃうな。統牙が妹さんのことをそんなに想ってて」
　しばらくして俺が泣きやむと、隣で結実が口をピュッと尖らせて言った。

まったく……。妹の鈴にヤキモチを焼くなんてかわいい奴だな。
「鈴は家族としてだけど、お前は恋人としてだから」
　鈴は大切な俺の家族。
　結実は大切な俺の彼女。
「うん、ちゃんとわかってるよ。妹さんのこと絶対に忘れちゃダメだよ？」
　そう言って、結実は俺に優しい笑顔を向ける。
　やっぱり、結実は変わっている。
　普通は『忘れて』とか言うもんじゃねぇの？
　まぁ、結実のそんなところも好きなんだけどな。
　きっと、自分は家族のことで上手くいっていないから、余計にそう思うんだろうな。
　結実は人の気持ちを考えて理解して、それをすげぇ大事にする奴だから……。
「……忘れねぇよ」
　鈴はいつまでも俺の中で生き続けている。
　世界でたった１人の妹として。
　結実に話したことで、俺たちの絆が、さらに深まったような気がした。

第3章

大事なもんは命懸けて守んだよ

　統牙の過去を聞いて、さらに絆が深まったあたしたち。
　それから少したって、気がつけばあたしがここに来て２ヶ月ほどがたっていた。
　変わったことといえば、最近すごい仁さんがあたしに話しかけてきて、関わることが多くなった。
　あたしと統牙が付き合っていることはもう朔龍の中じゃみんな知っていることだし、誰もあたしみたいな女には寄ってこないと思っていた。
　でも、仁さんだけは違った。
　優しい顔して話していたかと思うと、たまに酷いことを言ってきたり……なんか統牙と似ているような気もするけど、やっぱり統牙じゃないとしっくりこないっていうか、なんというか……まあそんな状況。
　今日もいつものように倉庫で朔龍のみんなと喋ったり、ゲームしたりしている。
　もちろん、どこに行くにも隣には統牙がいるけど。
　最近は全然離れてくれない。
　千香と２人で話したいことがあっても、なかなか納得してくれない。
　まあ、たぶん統牙があたしのそばにいなくなると、仁さんが近寄ってくるからだと思うけど。

「ねえ、統牙。なんか怒ってる？」
「別に」
　そして、昨日から機嫌も悪い。
　……あたし、なんかしちゃったのかな？
　何度尋ねても、『別に』しか言わないし。
　何を考えているのかわからないんですけど。
「おいっ！　統牙‼　龍極の奴らが攻めてきたからお前も来い‼」
　そんな時だった。
　朔龍の敵グループが倉庫に攻めてきたのは。
　千香から話は聞いていたけど襲撃に出食わすは初めてで、怖くなって足が震える。
　ケンカの強い統牙は行ってしまう……じゃあ……あたしはどこに行けばいいの？
　それに相手は龍極だ。
　千香から聞いた話では、"龍極"は、このあたりの族の中でもいちばん朔龍を潰そうとしているチームらしい。
　朔龍を潰して、朔龍が拠点を置いているこの街を乗っ取ろうとしているんだとか。
「あー……わりぃ。俺は結実を置いてけねぇから無理だわ」
　隣にいた統牙があたしの肩を抱いて言った。
「お前、こんな時まで彼女とイチャイチャしてんじゃねぇよ！」
　慌てたような顔で怒鳴る竜也さん。
　あたしはやっぱり邪魔者なんじゃ……無意識に統牙の服

の袖をギュッと掴む。
「竜也。今は俺がいなくてもお前らなら大丈夫だろ？　俺は……お前らの強さを信じてるから」
「統牙……」
　統牙は怒鳴り返すどころか、落ちついた声で少し微笑んで言った。
　そっか……統牙は信じているんだ。
　だから任せられるんだ。
「……ったりめぇだ！　俺らでひょいひょいってぶっ倒してくるわ」
　さっきまで怒っていた竜也さんも笑顔で去っていった。
　心の底から信じられる仲間ってなんかいいな。
「お前は俺から離れんなよ」
　統牙が、あたしを安心させるかのようにギュッと強く手を握る。
　やっぱり、統牙はカッコいい。
　不意にそう感じた。
　そして統牙に「ここに隠れてろ」と言われてソファのうしろに身を潜めていると、統牙じゃない、聞いたこともない男の声がした。
「お前、相島じゃねぇか」
　隠れているのはあたしだけで、統牙は普通に突っ立っていたから相手にはバレバレ。
「ああ……そうだけど」
　統牙は普通に答える。

怖くないのかな……？
　こういうのにも慣れているのかな？
「じゃあ、お前を殺ったら俺はトップになれる……！」
　この人は自分の地位のために人を傷つけるの？
　朔龍でナンバー２の統牙を倒せば上に行けると思っているの？
　それは間違っているよ。
　人を傷つけても全部自分に返ってくるのに。
　こっそりと２人の様子を、のぞき見する。
　男が統牙に殴りかかる。
　思わず目を閉じそうになったけど、統牙はスッとかわすと相手のお腹に１発、強烈なパンチを食らわせた。
　つ、強い……。
　ケンカ未経験者のあたしでもそう思うのだから、統牙は相当強いのだと思う。
　統牙がケンカをしているところを見るのは初めてだけど、明らかに相手の男より動きも速い。
「て、てめぇ……!!」
　フラフラしながら起き上がった男と、目が合ったような気がした。
　すぐに目を逸らしたけど……見つかっていないよね？
「ふっ……この勝負、俺の勝ちみたいだな」
　男の気持ち悪い笑い声が聞こえる。
　お願い……見つかっていませんように。
　手を合わせて、それを額に当てて必死にお願いする。

「なに言ってんだ？」
　統牙はそんなことには気づいていない様子。
　その時、誰かがあたしがいるほうに近づいてくる足音が聞こえてきたと思ったら、グッと髪の毛を掴まれて無理やり立たされた。
　やっぱり見つかっていたのか。
　ごめん……統牙……こうなるつもりじゃなかったの。
「コイツ、お前の女か？」
「いたっ……！」
　髪の毛を強く引っ張られて、ジンジンと痛む。
「結実……!!」
　統牙があたしを心配そうに見つめている。
「お前、そいつにだけは手を出すな」
「じゃあ、そこにひざまずけ」
「統牙……ダメっ……！」
　あたしのために言いなりになんてなっちゃダメ。
　コイツの言いなりになんかなったら、何をされるかわかんないよ!!
　でも、統牙はあたしの言葉を無視して……。
　ゆっくりと、ひざまずいた。
　どうして……そんなことまでしてくれるの？
「兄貴……！」
　敵の仲間が来て、あたしはそいつに手を縛られた。
「てめぇ、そいつにはてぇ出すなつっただろ……!!」
　目の前の統牙は聞いたこともないくらい低い声でそう言

い、殺気が全身から出ていた。
　それに気づいている相手の男の手は、恐怖からなのか震えていた。
　だけど、もう1人の男は気にせずにズカズカと統牙に近づき、お腹を思いきり蹴った。
「うっ……！」
　統牙の苦しい呻き声が漏れる。
「統牙っ……!!」
　見ているだけで涙が溢れる。
「あの相島が女1人のためにここまでするとはな」
　ケッケッと気味悪く笑っている男。
「ふっ……俺は大事なもんを見つけたんだよ」
　統牙がお腹を押さえてよろけながら立ち上がる。
　大事なもん……？
「おい、ひざまずけ!!」
「悪いが、お前も結実に手ぇ出さないってことを守らなかったから俺も守れねぇわ」
　そう言うと、一瞬にしてその男を気絶させて、あたしの縄を持っていた男はその恐怖から逃げ出した。
　あたしは急いで統牙のもとに駆け寄る。
「統牙……！　ごめんね……っ」
「バーカ、なんで謝ってんだよ」
　そう言いながら、あたしの手を縛っていた縄を解いてくれた。
「だって……あたしのせいで……っ」

あたしが見つかったせいで、統牙にたくさんの傷を負わせてしまった。
　あんなに苦しそうな顔をさせてしまった。
　──グイッ。
「ほんと結実は泣き虫だな」
　統牙はあたしの後頭部を押さえて自分の胸に押し当てると、優しく頭を撫でた。
「バーカ」
「大事なもんは命を懸けて守んだよ」
　そこからは、妹さんを救えなかったと後悔している統牙の決意みたいなのが見えた。
「もう俺は誰も見捨てたくねぇんだ……。守りたいもんは何があっても全部守る」
　真剣な声音で、あたしの頭を撫でながら言った。
　統牙の言葉が心に響いてきて余計に涙が溢れてくる。
　あたしは大切にされているなぁと、改めて感じることができた。
「ひゅ〜、見せつけてくれるね〜」
　ハッとして声がしたほうを見ると、そこには千香と竜也さんがニヤニヤしながら立っていた。
　でも、２人とも髪もボサボサだし、服もボロボロ。頬などに傷もある。
　２人とも必死に戦っていたんだね……。
「なっ……」
「アイツら……散ったのか？」

そういえば、あの気絶していた男も、いつの間にかいなくなっていた。
「ああ。アイツらマジで俺らを殺りに来てんぞ」
「……っぽいな。誰も死んでねぇよな？」
「あったりめぇだ。負傷者はいるけどな」
「ケンカに傷はつきもんだ」
「まぁな……」
　あたしと千香は２人の真剣な会話を黙って聞いていた。
　というか、あたしたちが口出しする話じゃないから。
　ケンカのことは、あたしはよくわからないし。
「お前ら２人とも無事だったか」
　仁さんたちが、あたしたちのほうにやって来てくれた。
　みんな顔には絆創膏などが貼られていた。
　なのに、あたしは無傷……。
　自分の無力さを実感させられた。
　結局あたしは何もすることができなくて、人に迷惑や心配をかけることしかできないんだ。
「はい……」
「統牙、ちょっと来い」
　拓哉さんが統牙を手招きした。
　統牙は一瞬あたしのほうを見たけど、さすがに副総長である拓哉さんの言うことには逆らえないのか、珍しく素直に従って拓哉さんのほうへ行った。
　すると、統牙と拓哉さんは深刻そうな顔をして、どこかへ行ってしまった。

竜也さんと千香もケガの治療がまだ完全ではないから、手当ての続きをしに行ってしまった。
　残ったのは、あたしと仁さんと菜摘さんの３人。
「ねぇ、結実ちゃん」
「はい……」
　菜摘さんと話すのは初めてあの部屋に入った日以来で、緊張してしまう。
　いつ見ても、すごくキレイな人だ。
「統牙はいつ裏切るかわからないから覚悟しておいたほうがいいわよ。これは、結実ちゃんのことを思って言ってるのよ。統牙はいい奴だけど……恋愛に関してはめちゃくちゃだから」
　そう言うと、菜摘さんもどこかに行ってしまった。
　そんな感じのこと……この前、仁さんにも言われたばっかりだったな。
　みんなそんなこと言うけど、統牙はちゃんとあたしのこと大切にしてくれているよ？
「……髪の毛が乱れてる」
　そう言って仁さんがあたしに近づき、髪の毛に触れる。
「わっ……あの……大丈夫です……」
　あたしは反射的に一歩後ろに下がる。
「なんで俺のこと避けてんの？」
　避けているっていうか……それは、いつも統牙がいるからで……。
　別に避けたくて避けているんじゃない。

といって、そんなに関わりたいとも思わないし。
「べ、別に避けてなんか……」
　総長さんの手が、あたしの頬に触れる。
　……あったかい手。
　だけど、あたしが求めているのはこの手じゃない。
「じゃあ……俺のもんになれよ」
　仁さんの声が静かな倉庫の部屋に響いた。
「なぁ……俺、本気で好きになったかも」
　え、仁さんがあたしを……？
　どうしてこんなことになっているの？
　そういえば前もこんなことを言われたけど、統牙が来て、返事はせずに終わっていたんだった。
「俺だったら……お前の顔にこんな涙の跡はつけさせない」
　親指であたしの乾いた涙の跡をなぞる。
　それがやけに色っぽくて、嫌でもドキッとしてしまう。
　なんか……大人の男を感じさせた。
「だから、統牙なんてやめて俺にしろよ」
　真剣な仁さんの顔からは、嘘を言っているようには見えない。
　そもそも仁さんは、普段から冗談を言うような人なんかじゃない。
「ごめんなさい……。あたしは総長だから……とかじゃなくて統牙だけが欲しいんです」
　仁さんはこの前、総長だからあたしのことを統牙より守れるって言っていたけど……あたしは総長なんて地位は関

係ないと思っている。
　統牙は本当のあたしを愛してくれた。
　だから、あたしも統牙のすべてを愛したい。
「どんなに泣かされてもいいんです。だって、それはあたしが統牙を想ってる証拠だから……」
　統牙を大切に想えば想うほどに幸せな気持ちになったり、時には悲しくなる。
　もう統牙以外の人なんて考えられないほど、好きになっているんだ。
「お前みたいな奴は初めてだ……」
　仁さんはそう言って、優しく笑った。
「普通の女なら、総長の女っていうのが欲しくて付き合っている奴を捨ててまで俺に寄ってくるのに、お前はまったく違った。合格だ。お前は統牙のそばにいてほしい」
「ご、合格ってどういうことですか……？」
　もしかして、仁さんがあたしを……なんて勘違いで、ただの自意識過剰だった!?
「悪い。あの統牙が本気で惚れてるから心配で……お前のことを試してたんだ」
　申し訳なさそうな顔をしながら、そう言った仁さん。
　ええ!?　あたし、仁さんに試されていたの!?
「ビックリしましたよ……本当に」
「でも、安心した。お前なら統牙を任せられるよ」
　ふわっと笑った仁さんはすごくカッコよくて、この笑顔に落ちる人もたくさんいるのだろうと思った。

「ありがとうございます。仁さんにも幸せが訪れることを願ってます……！」

　本当に仁さんは仲間想いでいい人だから……いつか幸せに笑える日が訪れますように。

「ああ。統牙をよろしくお願いします……」

　深く頭を下げた仁さん。

　あたしは「仁さん、やめてください！」と言いながら恐縮する。

「これは朔龍の総長としてだから……俺の大切な仲間で、弟みたいな存在だから……ほんとに頼むぞ」

　こんな時まで総長としてあろうとする、そんな仁さんがすごくカッコよく思えた。

　統牙が心の底から仁さんを尊敬している理由も、わかる気がするよ。

　仁さんのことを兄のように慕っている統牙。

　一方で、弟のように統牙をかわいがっている仁さん。

　２人はきっと、あたしには決して入り込めない絆で結ばれているんだろう。

「はい……任せておいてください。もう統牙を１人にはしません」

　たくさんの人に愛されている統牙だからこそ、こんなことを言ってもらえるんだろうな。

　あたしにはそんな人いない。

　……自分でそう思いながら虚しくなる。

「総長、また結実にちょっかいかけてるんですか？」
　そんな時、タイミングよく統牙が帰ってきた。
　そして、帰ってくるなりあたしの腰を抱いて引き寄せる。
　は、恥ずかしいんだけど……嬉しい。
　こんなこと平気でやっちゃう統牙。
　尊敬しちゃうよ、ほんとに。
「あぁ……まあ、これは俺と結実だけの秘密だけどな」
　そして、ニコッとあたしと統牙を見て笑う。
　ゆ、結実って……呼び捨て!?
「ちょ……総長。結実のことを呼び捨てしていいの俺だけなんですけど」
　統牙があたしをもっと引き寄せる。
　統牙の服から柔軟剤の匂いがする。
　なんか、落ちつくなぁ～……。
「独占欲が強い男は嫌われんぞ」
「俺はそれぐらい結実のことが好きなんですよ」
　なっ……。
　ほんとサラッと大胆なこと言いやがって……。
「わかったわかった。からかうのはもうこのへんにしとく。ふっ……結実ちゃんの顔が真っ赤だし」
　楽しそうに笑い、あたしたちの前から去っていった。
　最後は"ちゃんづけ"だったなあ。
　仁さんって男の中の男って感じがする。
　すごい魅力があるんだよね～……。
　まあ、統牙も男らしいから負けていないんだけどね。

「ったく、ちょっと目離すと浮気か？」
　統牙があたしの顔をのぞき込んで視線がぶつかる。
「う、浮気なんかしてないわよ……！」
「お前の居場所は俺の隣。わかった？」
「そんなのわかってるし……!!」
「……なら、ご褒美」
　そう言って、あたしにキスをしてきた。
「んんっ……」
　自分でもビックリするぐらいの甘い声が漏れる。
　どんどん深くなっていく甘い口づけに、あたしは溺れてしまいそう。
　そんな時、左手の小指にひんやりとした何かが触れた。
　そして、タイミングよく統牙がキスをやめて、あたしをなぜか恥ずかしそうに見つめている。
「お前キスしてる時、色気ありすぎだろ……」
「なっ……!!」
　違和感のある左手の小指を見ると、さっきまではなかったはずのものがはめてあった。
　そこにはピンクのハートの形をしたストーンがついた、ピンキーリングがはめられていた。
「何、これ……」
　さっき、ひんやりとしたのはこれだったんだ。
　もしかして、統牙がつけてくれたの……？
　そのリングはキラキラと光り輝いている。
「今日で……２ヶ月だし。俺、女にプレゼントとかしたこ

となかったから何あげていいかわかんなかったけど……失くすなよ?」
　恥ずかしいのかそっぽを向いて、髪の毛をクシャリ、としている統牙。
　付き合って2ヶ月……。
　統牙、覚えていてくれたんだ……。
「……ありがとっ!　すごい嬉しい……」
　嬉しすぎて頬の緩みが止まらないし、何度も小指を眺めてしまう。
　すると、いきなり統牙があたしのほうを向いて、顎を少し持ち上げた。
　必然的に絡み合う視線。
「俺がもっと成長してお前を養えるようになるまで、ここ、開けとけよ」
　左手の薬指を指さしながら言った。
　そ、それって……こ、婚約とか結婚ってこと……!?
「そん時はもっと上等なやつを買ってやるからな」
「ううん。統牙がくれたのなら値段なんて関係ないよ」
　値段なんかよりも、統牙とのその約束が嬉しいんだもん。
　それは、お金なんかじゃ買えない。
　欲しいと言ってもらえるものじゃないし。
「ったく……お前は、ほんと変わってんな」
　クスクスと手で口を押さえて笑っている。
「わ、悪かったわね……っ!!」
「まあ、そんなとこも好きだけど」

「なっ……」
　また、そうやってサラッと言うでしょ？
　そのたびに、あたしがどんなにドキドキしているか知らないくせに。
「あと、もうほんとに総長とは２人きりになんなよ。俺だってすげぇ妬いてんだから」
　そう言った途端、下を向いて視線を逸らした。
「ごめんね……次からは気をつけるから」
「……ん。あと、その指輪は肌身離さずはめとけよ。俺のもんってわかるように」
「わかってるよ」
　それからは、統牙からもらった指輪を眺めてはニヤニヤして……それの繰り返し。
　さすがに千香にも呆れられちゃった。
　でも、本当に指輪を見つめているだけで幸せな気分になるだもん。
　仕方ないよね……？
　いつか……その隣の薬指に指輪をはめてもらえる日が来るといいな。
　愛されるって、こんなにも満たされているような……感じなんだね。

家族の形

　寒さも和らいできた、ある日。
　統牙に誘われて来た場所……それは、あたしが住んでいた街。
「……ねぇ、なんでこんなところに？」
　あたしは、ここに帰ってくるつもりはないのに、なんで統牙はこんなところに連れてくるの？
　それに最近、統牙の様子がおかしい。
　なんか、よそよそしいというか……それはこれのせいだったの？
「……いつかは来ねぇといけねぇだろ？」
　あたしの目をしっかりと捉えて離さない。
　確かに統牙の言う通りだ。
　でも、どうせ追い返されるだけで結果は見えている。
　そんなところにわざわざ傷つきに行きたくない。
　もうずっと連絡なんて取っていないのに。
「大丈夫……俺がいるから。１人じゃない」
「……うん」
　統牙がいる。
　それだけで心強かった。
　１人じゃないことが、こんなにも心を変えるなんて思ってもみなかった。
　統牙となら、きっとどんなことがあっても大丈夫。

そう心に言い聞かせて、家へと向かう。
今日は休日だからみんな家にいるはず。
だから、統牙も今日にしたんだと思う。
——ピンポーン。
一応、インターフォンは鳴らさないと……いきなり入って泥棒と間違われても困るし。
バイクは近くの駐輪場に停めてきた。
さすがに目立つから、家の前には停められない。
「……はい」
あたしの家のインターフォンはカメラつきじゃないから、誰が来ているのかは向こうは知らない。
そこは便利でよかった。
そして、出たのは……あたしを傷つけた張本人……お母さんだった。
「……」
あたしが何も言えずに固まっていると、隣にいた統牙が口を開いた。
「以前ご連絡した相島と申します。少しお話させてもらえないでしょうか？」
「相島さん……」
連絡ってどういうこと……？
そんな疑問を抱きながらも言葉にはしなかった。
「結実さんのことでお話があります」
きっと、ろくに心配もしていないからすぐに追い払われるよ。

この時のあたしは、もう期待することなんてやめていた。
　だって、期待するだけ無駄なんだもん。
　今までたくさん裏切られてきたから。
「……今、鍵を開けるから入ってちょうだい」
　お母さんが落ちついた声でそう言うと、ガチャ、と鍵が開く音がした。
　そして、統牙は震えるあたしの手をさりげなく手に取り、一歩先を歩いてくれる。
　まさか入れるなんて思ってもいなかったから、動揺を隠しきれなかった。
「お邪魔します……」
　統牙が中に入り、続けてあたしも入る。
　すると、目の前にいたお母さんが口を押さえてあたしを見つめていた。
　もしかして……統牙はあたしが来ることを言っていなかったんだ。
　だから、すんなり家になんて入れてくれたんだ。
　インターフォンでは、統牙しか話していなかったもんね。
　あーあ、もうすぐ追い払われるよ。
『ここはあんたの来る場所じゃないっ！』ってね。
「結実……っ!!」
　そんなことを思っていると、不意に名前を呼ばれて温もりに包まれた。
　あれ……？
　なんであたし、抱きしめられているの？

おっかしいな〜……あたしはこの家で空気みたいな存在だったんだよ？
　それがなんで、お母さんに抱きしめられているの？
「よかった……っ。無事で……っ」
　あたしを抱きしめながら声を震えさせて泣いている、お母さん。
　その証拠にあたしの肩が濡れているのを感じる。
　心配なんかしていなかったくせに……普段はあたしのために泣かないくせに……家族以外の人間がいる時だけ母親ぶって……。
「やめてください……」
　不意に出た言葉。
　だって、あなたとあたしは他人でしょ？
　だけど、なかなか離れてくれない。
　すると、奥から家族みんなが出てきて、あたしのもとに駆け寄ってきた。
「結実……！　お前はどこに行ってんたんだ!!」
　滅多に感情を荒立てることのないお父さんが、涙で声を震えさせながら言った。
　なんで……なんで、こんな勘違いさせるようなことをするの？
「やめて!!　人の前だからって親の顔しないでよ……っ!!」
　そう言って、お母さんの肩を押して突き放す。
　何も嬉しくない。
　だって、それは本当に愛していないから。

偽りの愛であって、あたしをちっとも愛してくれていないんでしょ?
「結実……落ちつけ」
　統牙があたしの手を握る力を優しく強めた。
「なんで……こんなことするの?　統牙の意地悪っ……」
　あたしの無様な姿を見たかったの?
　あたしを愛してくれてたんじゃないの?
　この指輪も、好きって気持ちも全部嘘だったの?
「違う、結実。お前は勘違いしてる」
「何が?　統牙に何がわかるのよ……!!」
　何年間も苦しんできたこの家のことが、統牙にわかるわけない。
　八つ当たりみたいに、あたしは泣き叫ぶことしかできなかった。
「お前は昔から愛されていたんだ」
「何を言ってるの?　あたしはこの家の空気だよ?　そのあたしが愛されてた?　笑わせないでよ」
　統牙の笑えない冗談に怒りがわいてくる。
　あたしは統牙と違って、家族に愛されていなかったの。
「見ろよ……これ。この前この家に来た時に見つけたんだ」
　統牙が差し出したのは小さなノート。
　きっと、ここに荷物を取りに来た時に見つけたんだろう。
「何これ……」
「中……見てみろ」
　あたしは統牙に言われるまま中身を見た。

その中身を読みながら、ポタポタとあたしの涙がノートに灰色のシミを作っていく。

　11月1日。
　愛しい娘が生まれた日。
　この子は私の宝物。
　長時間の出産で大変だったけど、幸せでいっぱいだった。
　ありがとう。

　それは……あたしが生まれた日から書き始められたあたしの成長日記だった。

　1月10日。
　はんこ注射に行ってきた。
　ワンワン泣いて大変だったけど、元気がよくて笑顔がかわいくて癒される。
　この子の成長が楽しみで仕方ない。

　9月1日。
　仕事が忙しくなり、あまり面倒を見てあげられていなかった。
　ごめんね。
　でも、今日なんと1人で立つことができた。
　すごい!!　自分のことのように嬉しい。

11月1日。
愛しい結実が1歳になった。おめでとう。
新しいお父さんができて嬉しそう。
やっぱり、本当のお父さんだからかな?
これからも3人で仲よくしていこうね。

3月6日。
妹ができたと伝えると嬉しそうに笑っていた。
いいお姉ちゃんになってね。
優しいあなたならきっとなれるわ。

　幼稚園の入学や卒園、小学校の入学、卒業など、こと細かく毎日のことが記録されていた。
　1日も休むことなく、あたしが生まれた日からずっと書かれていた。
　だけど、これはほんの一部。
　これが何冊もあるんだろう。
　だって、リビングにこれと同じノートが山ほど大切にしまわれているのを一度見たことがあるから。
「な、んで……っ」
　なんでこんなものがあるの……?
　あたしは愛されていないはずなのに。
　これは志穂のものなんじゃないかと思って何回も見直すけど、やっぱり、あたしのことについて書かれていた。
「お前はちゃんと愛されてたんだよ」

統牙の優しい声が耳に届く。
　そっか……統牙はそれを知らせるためにここに連れてきたんだ。
　相変わらず、優しい人だなぁ。
「うっ……ぐすっ……」
「結実……ごめんなさい。私、志穂のことで頭がいっぱいで、あなたに我慢ばかりさせていたわね……」
　あたしに頭を下げて泣きながら謝り始める、お母さん。
「あなたが生まれた日に、ちゃんと祝ってあげられなくて、逆に傷つけてしまってごめんなさい」
　あの日の言葉は、今もあたしの心にグサリと刺さったままだ。
　だけど、こんなにも必死な姿を見ていると、胸の奥深くまで刺さっていたものが不思議なくらいスルスルと抜けていくように思える。
「自分勝手だって思うかもしれないけど……もう一度……結実の母親にならせてくれませんか？」
　それって、お母さんのことを『お母さん』と呼んでもいいってこと？
　それが、許される時が来たの？
　溢れ出る涙を服の袖で拭い、顔を上げてさっきから泣きまくっているお母さんの顔を見る。
「お……お、かあさん」
　久しぶりに口にした言葉。
　ずっと言いたくても言えなかった。

それがやっと言えるんだ。
「結実……っ、ありがとう……ごめんね……」
　お母さんがあたしに泣きつく。
　そして、お母さんの後ろから、お父さんがそっとあたしたちを包み込む。
　またその後ろからダッダッダッという足音が聞こえてきたと思ったら、ギュッと誰かが抱きついた。
「ごめん。お姉ちゃん……。全部あたしのせいだよね……ほんとごめんね。あたしがバカだから、お姉ちゃんのことたくさん傷つけた。お姉ちゃんは、いつもあたしに優しくしてくれたのに……」
　それは、妹の志穂だった。
　志穂の声は震えていて、泣いているのだとわかった。
　一気にいろいろなことが起こって、あたしはまだ混乱していた。
　でも……ずっとバラバラだった家族が、今、やっと家族の形になったような気がする。
　それも全部……この様子を嬉しそうに微笑みながら見ている統牙のおかげだ。
「それに、結実には話さなきゃいけないこともあるの」
「えっ？」
　お母さんの言葉に、みんなが私から体を離した。
「まあ、ここじゃなんだから中に入ってちょうだい。相島さんも……どうぞ……」
　お母さんたちはあたしたちを家に招き入れて、その足で

リビングに向かう。
　久しぶりに入ったリビングは、当然だけど何も変わっていなかった。
　何ヶ月ぶりなんだろう……学校にも何ヶ月も行っていないし……。
「ここに座って」
　お母さんに指示された席に腰を下ろす。
　隣には統牙が座っていて、お母さんとお父さんが向かいにいる。
　志穂は1人、ソファに座っている。
　話さなきゃいけないことってなんだろう……なんか、胸がザワザワする。
　嫌な予感とかじゃなくて、今までの全部が引っくり返るような……予感がする。
「結実はずっと勘違いしてるの。私も"いつかいつか"って思って先延ばしにしてたから……」
　勘違いって何……？
　あたし、そんなドジったことをしていた？
　お母さんの言葉に生唾をゴクリッ、と飲み込む。
　どうしよう……怖い。
　お母さんまで血の繋がりがないって言われたら……。そう思ったら怖くなってギュッと膝の上で拳を握りしめる。
　すると、その上から大きくて男らしい手がそっと乗せられる。
　その手の主はもちろん隣にいる統牙。

ちゃんとバレないようにさりげなくしてくれている。
　まるで、それは"俺がいるから大丈夫"と言っているかのようで、統牙の優しさに恐怖も小さくなり、少し冷静になれることができた。
「何を……？」
「あなたのお父さんのこと」
　あたしの……お父さん？
　それは、お母さんが最初の結婚前に付き合っていた奥さんのいた人でしょ？
　あたしは顔も見たこともないし、知らない。
　それがなんで勘違いに繋がるの？
「……あたしの本当のお父さんは生きてるかもわからないし、あたしが娘なんてわかんないよ……っ！」
　あたしはイケナイ愛からできた、いらない子なんだから。
　あたしの存在も知らないで、家族と仲よく暮らしているのか、１人でデスクに向かって仕事しているとか？
「あなたのお父さんは生きてるし、あなたが娘だってことも知ってる」
　ねえ、あたしは何を勘違いしているの……？
　だって、あたしの本当のお父さんは……あたしの本当のお父さんは、あたしの中じゃ影も形もないんだよ？
　まさか……これからその人と一緒になるために今から離婚するとか？
　それで、あたしの親権をどうするか決めるの？
　やっぱり、あたしは邪魔なんだ……。

「ねえ、あの日記を見た時なんか思わなかった？　あなたが1歳になった時の……」

あたしが1歳になった時の……？

頭の中で思い返す。

"やっぱり、本当のお父さんだからかな？"

思い返してみると、1つ、引っかかるところがあった。

『やっぱり、本当のお父さん』ってどういうこと？

「えっ……まさか……そんな……」

あたしの頭の中で1つの仮説がたてられた。

あたしの本当のお父さんって……。

「そのまさかなの……。あたしが最初の結婚前に付き合っていた相手は……あたしの向かいにいるお父さんよ」

そんな……嘘。信じられない。

だって……あたしの本当のお父さんはずっと愛人だと思っていた。

「好きになっちゃいけないとわかってた。だけど、毎日繰り返される前の夫の暴力に耐えられなくなって……その傷を癒してくれたのは彼なの。私と彼は惹かれ合い愛し合った。そして、できたのがあなた……結実なの」

初めて聞かされる自分の生い立ちに……自然と涙が溢れ頬を伝う。

あたしはずっと勘違いしていたんだ。

本当のお父さんはいつだってそばにいたのに。

「だから、あなたがお腹に宿ったことを後悔したことはない。あの時は、ついとっさにあんなこと言っちゃったけど、

本当に心の底から嬉しかった。だって、愛し合っていた人との子どもだから……それから、すぐにお母さんは離婚して彼と一緒になったの」
　ずっと……１人ぼっちだと思っていた。
　こんな奴ら家族なんかじゃないと思っていた。
　あたしはイケナイ愛から生まれた、いらない子なのだと思っていた。
　だけど、そうじゃなかった。
　あたしは、お母さんとお父さんの２人の温かくて優しい"愛"からできた子。
　あたしは生まれた時から愛されていたんだ。
　いつか聞いて、ずっと忘れていたあたしの名前の由来が頭の中にふっ、と浮かび上がった。
"たくさんの人から信頼されて、いろいろな人との絆や愛が実を結ぶように"
　今になって思い出した。
　なんでこんな大切なことを、あたしは忘れてしまっていたんだろう。
　あたしはこんなに素敵な名前をもらっていたのに。
「ううっ……ぐすっ……」
「だから、あなただけ１人ぼっちじゃない。もし、仮にお父さんが彼じゃなくてほんとに血の繋がりがなくても私たちは家族で、結実は私の大切な、大切な娘には変わりない」
　お母さんの言葉が心に響いて染みる。
　あの日、粉々に破壊されたはずの心が、統牙と出会った

ことでだんだん修復されていって……今日、やっと完全に修復された。
「ありがと……っ。あたし……生まれてよかった……」
　そう思ったのは生まれて２回目。
　統牙と出会った時に一度そう思って、今、またそう思うことができた。
　胸を張って家族に言えることができる。
　そんなふうにできたのも、あたしをずっとそばで支えてくれて、こんなあたしに無償の愛を注いでくれた、統牙のおかげ。
「……結実にはしんどい思いばかりさせてしまった。相島さんに言われてわかった。私はバカだった。母親失格だわ」
　統牙に言われてわかったってどういうこと？
　統牙は、あたしの家に来てからあまり喋っていない。
　不思議に思い、統牙のほうを向くと知らんぷりされた。
「……あら？　聞いてなかった？」
「うん、何も……」
「あなたがいなくなってからすぐに、相島さんから電話が来たの。たぶん結実がお風呂にでも行っている時かな？　それで電話で怒る私に彼はこう言ったの。しばらく結実を預かりますって。そして、『おばさん、ただ想ってるだけじゃ何も伝わりませんよ。ちゃんと自分の想いは口にしないといつか必ず後悔します』。その言葉が妙に心の中に入ってきて、自分が間違っていたんだと気づいたの」
　そんな……いつの間に。

しかも統牙は、あの日記を見て知っていたんだ。
　あたしが愛されていたことも。
　だけど、時が来るまで待ってくれていた。
　あたしの心が落ちつくまで。
「傷つけてしまったあなたにどんな顔をして会えばいいかわからなくなっていた時に、相島さんから再び連絡が来たの。『落ちついたら、結実を連れていきます』ってね」
　そうだったんだ……。
　本当に統牙には何から何までお世話になりっぱなしだ。
　改めて、統牙の大切さに気づかされた。
　もう統牙はあたしにとって必要不可欠なんだ。
「……ありがとう、統牙」
　あたしは隣にいる統牙に笑いかけた。
　すると、統牙は照れくさそうに小さく笑った。
「いつの間にかいい人を見つけたのね」
　お母さんが、あたしたちを見て楽しそうに笑う。
　その横でお父さんが眉間にシワを寄せて座っていた。
「確かに相島くんがいないと結実は戻ってこなかったかもしれないが、その髪色で学校はどうしているんだ？　きちんとしていない男にうちの娘はやらん！」
　そんなドラマとかでよくあるセリフを言うから、ついつい、声を出して笑ってしまった。
　だって、あのいつも無口でクールなお父さんがだよ？
　ギャップがありすぎるでしょ。
　でも、統牙が否定されているのは気に食わないし、付き

合っているのを反対される意味もわからない。
「学校には通わないで働いてます。この髪色は変えるつもりはありません」
　統牙はしっかりとお父さんの目を見て言った。
「働いている……？　ますます認められんぞ」
　なんか雰囲気が悪くなってきているような気がするんだけど……。
　しかも、統牙が学校に行かずに働いているのは妹さんを自殺に追いやった理由でもあるのが学校だというのもあるけど、すでに統牙は親戚の人と連絡を絶っており、学費がなく、これから生活していくために働いているのに。
「大丈夫。統牙はそこら辺の男たちよりもよっぽどしっかりしてるよ」
「でもなぁ……そちらの親御さんは、なんと言っているんだい？」
「……うちの家族は事故で亡くなりました。妹も自ら命を断ちました」
「統牙……」
　予想外の統牙の言葉に、驚きと動揺で言葉を失くしているお父さん。
「それは悪かった……」
「謝らないでください。いつかは言わなきゃいけないことなんで。あとは暴走族の次期総長だと言われています」
　そんなことまで言うの……!?
　ますます、反対されるんじゃ……!?

「「ぼ、暴走族……!?」」
　これには今まで黙って聞いていたお母さんも、悲鳴のような声を上げた。
「結実……」
「あたしは……なんと言われようと統牙と一緒にいるよ」
　だって、あたしには統牙がこれからも必要でそばにいてほしいから。
「相島くんがいい子だなんて、そんなの父さんも母さんもわかってるよ」
「だったら……！」
「だけど、心配なんだよ。これまで何も言わなかったくせに、と思うかもしれないが……相島くんといて本当に幸せになれるのか……」
　あたしの心配をしてくれるのは嬉しいけど、あたしの幸せはね……。
「あたしは統牙の隣にいることが幸せなんだよ」
「……一生、彼女を大事にします」
　あたしの言葉のあと、真剣な口調で統牙が言った。
「相島くん……」
「俺には、結実さんしかいないんです。どうかお願いします」
　両親に頭を下げる統牙。
「……結実を幸せにする自信はあるのか？」
"結実"
　この家に来た時のお父さんの第一声に驚かされたけど、名前をお父さんに呼ばれたのは何年ぶりなんだろう。

「正直、幸せにできる自信はないし、この先、乗り越えなくちゃいけないこともたくさんあると思うし、泣かせてしまう時もあると思いますが……結実さんのことを愛し続ける自信はあります」
「そうか……」
　お父さんがそうポツリと呟いた。
「俺はこれからも結実と一緒にいるつもりです」
　そう言った統牙の顔は凛々しくて、胸がドクンッと高鳴った。
　あたしもそのつもりだよ……。
　統牙なしの人生なんて考えられないもん。
「あなたなら任せられるわ」
「……うちの娘をよろしくお願いします」
　お父さんが統牙に頭を下げる。
　お父さんもなんやかんや、あたしのことを思っていてくれたのかな？
　ただ、愛情表現が苦手なだけなのかな？
「頭を上げてください。頭を下げんのは俺のほうですから」
　統牙がそう言うと、お父さんが頭を上げる。
　なんか、すごい空気だな。
　でも、まさかあたしにも家でこんなふうに過ごす日が来るだなんて思ってもなかった。
「統牙さん、すごいイケメンだね～！」
　さっきまでソファにいたはずの志穂が、統牙に近づいてきて腕に自分の手を回していた。

「……ありがとう」
　統牙は嫌がるわけでも喜ぶわけでもなく、さりげなく志穂の腕をほどく。
　それを見て、ホッとする。
　志穂は……何がしたいのかな。
「お姉ちゃんと志穂どっちがかわいい？」
　出た……またその質問。
　志穂はことあるごとに、みんなにその質問をする。
　志穂は天然なのか、小悪魔なのか……いったいなんなのかな？
　あたしとは正反対の性格。
「こら、志穂。ダメでしょ」
　お母さんが注意をしても志穂は聞く耳を持たない。
　あたしは黙って統牙と志穂を見ていた。
　かわいいのは志穂に決まっているじゃん。
　これまで、その質問をされて"あたし"だと答えた人はいない。
　いつも、答えは決まって志穂。
　みんな志穂を選ぶんだ。
　統牙も志穂って言うのかな……？
　それとも……。
「そりゃあ、志穂ちゃんってみんな答えるだろ」
　ですよね……。
　あたしの淡い期待は一瞬にして散った。
「でも、それはなんでか教えてやるよ」

「理由?」
　志穂が首をかしげる。
　理由を説明する必要なんかないのに。だって、志穂のほうがかわいいからっていう単純な理由なんだから。
　わざわざ、説明しなくてもわかるって。
　そんなに、あたしの傷をえぐりたいんだろうか。
「だって、結実のかわいさを知ってるのは俺だけで十分だから」
「ほぇ……?」
　予想もしていなかった返答に、思わずマヌケな声が出る。
　だって……そんな甘いセリフを家族の前で言われるなんて思ってもないじゃん。
「なんでお前が驚いてんだよ」
　統牙に軽くおでこをコツンッと、つつかれる。
「だ、だって……」
　統牙……甘すぎるよ。
　てか、カッコよすぎる。
　こんなに幸せで本当にいいのかなってぐらい幸せだ。
「ラブラブだねぇ～!」
　志穂がツンツンッと、あたしの腕をつつく。
　そんなことを言われたあたしは恥ずかしさで、ますます顔が赤くなる。
「でも、よかったぁ。お姉ちゃんにやっと素敵な人ができて!　もし、この質問であたしって答えたら、お姉ちゃんには近づかせないからね!　それにしても、お姉ちゃんの

こんな顔、初めて見た！」
　もしかして、男の人にいつもあの質問をしていたのは、あたしだと答えた人とくっつけようとしていたのかな？
　それで、"志穂"だと答えた人は、あたしに近づかないようにしてくれていたのかな？
　あたしに素敵な人が現れるのを見守ってくれたのかな。
　志穂ならありえそうだ。
「最高にかわいいだろ？　いつもは素直じゃないけど、たまに甘えてきたりするのがすっげぇたまんねぇの」
「ちょ……っ、統牙……」
　これ以上、あたしを真っ赤にさせないでよ。
　てか、絶対わざとやっているじゃん。
「ふふっ……お母さんも結実のそんな顔、初めて見るわ」
　お、お母さんまで……っ!!
「結実は愛されてるんだなぁ」
　お父さんが寂しそうに呟く。
　なんか、これまでの関係が嘘のように修復されている。
　これが家族ってもんなのかな？
　本音でぶつからなかったから、気づかなかったんだ。
　どんなことがあっても、家族は家族に変わりはないのだから、きっと、これが普通なんだろうな。
「これからも俺が目一杯、愛します」
　あたし、自分でも思うぐらい溺愛されているな。
　愛されるっていいな。
　あたしもこれでもかってぐらい統牙を愛すよ。

そんな甘々な感じだったけど、あたしたちの家族は統牙のおかげで誤解も解けて修復することができた。
　本来の家族の形を取り戻したのだった。
　あとから聞いた話だと、お父さんは誤解しているあたしになんて声をかけていいかわからなくて、ずっと話しかけられずにいたそうだ。
　そして、あたしの胸の中で1つの夢が芽生えた。
　──いつか、あたしも統牙と温かい家庭を築きたい。
　そう思い始めたのは統牙には内緒だけどね。

さよならと裏切り

　それからは自分の家に戻ることになったけど、週に4回ぐらいは統牙の家に行っている。
　だって、寂しいじゃん。
　ずっと、そばにいたのに急にいなくなっちゃうなんて。
　それから、統牙からの命令で仕方なく学校にも行くことになり、学校では特別仲のいい友達ができるわけでもなくただボーッと過ごしていた。
　でも、『暇なら電話とかしてこい』とか言われて統牙と連絡先を交換できたからよしとするか。
　仕事しているから、お昼休みとかじゃないと返信は来ないけどね。
　それでも返信が来た時には飛び上がるほど嬉しくなる。
　そのたびに恋しているなぁ〜って思う。
　そして、あたしは秘密の計画を立てていて、その計画がついに完成した。
　その計画とは……"統牙のバースデーサプライズ!!"
　この前、たまたま見えた保険証に生年月日が書いてあって、しっかりインプットしておいたのだ。
　統牙の誕生日は4月20日。
　そして、今日は4月19日。
　つまりは統牙の誕生日の前日。
　準備もいろいろしてある。

明日はケーキも作る予定だし、プレゼントだって用意してある。
　それにしても、もう18歳になるのかぁ～早いな。
　って、あたしも11月になったらそうなるんだけど。
　その計画を成功させるには、朔龍のみんなにも協力してもらわないといけなかったから、先週から必死で頑張っていたんだ。
　なんとか間に合った。
　統牙、驚いてくれるかな？　喜んでくれるかな？
　でも、あたしが家に戻るきっかけとなった日の数日後から、統牙の様子がおかしいのだ。
　それに最近、朔龍のみんなが次々に誰かに殴られたり、車に轢かれかけたりしてケガをして倉庫に来る。
　それをやっている犯人はまだわからない。
　統牙も仁さんも、みんなも相当怒っていたし……。
　早く犯人が見つかればいいのにな。
　でも、最近の統牙はあたしといてもボーッとしているし、まさか……浮気なんかしていないよね？
　でも、あの統牙がそんなことするわけないって信じているけど……やっぱり、不安だよね。
　こんな盛大なサプライズを考えていて、"他に女できたから"って言われたらシャレになんないもん。
　うーん……何かあったのかな？
　聞いてみても結局、答えは同じだし……。
　時が解決してくれるのを待つしかないか。

そして、今日も学校が終わり倉庫に向かう。
　お母さんには今日は統牙の家に泊まると伝えてある。
　せっかくの誕生日だし、一緒にいたい。
　お母さんに連絡だなんて、前までのあたしじゃ考えられなかった状態だなぁ。
「結実……!!　大変だよ……!!」
　倉庫に入るなり、血相を変えてあたしに駆け寄ってきた千香。
「なになに、そんなに慌ててどうしたの？」
「前に、ここに来た族あるでしょ？」
「うん」
　龍極ってグループだったっけ……？
　あんまりわからないけど。
　タチの悪い奴らだったってことは確か。
　そいつらがまたなんかしたのかな？
「今日、そいつらと過去に朔龍に潰された族の奴らが結託したみたいで、22時に指定した場所に来いみたいなメッセージが来てさ……!　来ないと朔龍の誰かを殺すって書いてあって……!　今、誰がこれを送ったのか調べてて、なかなか手間取ってるみたい……」
　メ、メッセージ……？
　殺す……？
　なんか……あたしにはよくわからない。
　けど、ヤバイ状況なのはバカなあたしでもわかる。
「と、とりあえず統牙に知らせてくる！」

今は20時。
もう仕事から帰宅しているはずだ。
ここから行けば15分ほどでつくから急がなきゃ……!!
　あたしはそう言い残し、倉庫から飛び出して統牙の家まで全力疾走した。

　合鍵でドアを開ける。
「統牙……!!」
　走ってリビングのほうに行くと、帰宅したばかりの統牙がいた。
「結実……どうした？」
「あの……!　大変……!!」
　言いたいことがありすぎて、どれから言えばいいのかわからなくて言葉に詰まる。
「結実、落ちつけ」
　そう言われて、深く深呼吸する。
　冷静さを取り戻したあたしは、統牙にさっきのことを告げた。
　すると、統牙は顔色1つ変えずに……。
「ふーん……」
　と、だけ言った。
　おかしい、おかしい、絶対おかしい。
　いつもの統牙なら慌てて飛び出していくのに。
　誰よりも朔龍のことを大切にしているのに。
　ねぇ、どうしちゃったの？　統牙。

今、目の前にいる統牙は、あたしの知っている統牙じゃないように見える。
　だんだんと優しくなってきていたその瞳も、知り合う前よりもひどく冷たい目になっていた。
「統牙……おかしいよ？　どうしちゃったの？」
　心配で統牙に駆け寄るも、すぐに引き離された。
「統牙……？」
　統牙はあたしと目を合わせようとしない。
「もう、俺たち終わりだ」
「えっ……？」
　統牙の言葉に思わず、自分の耳を疑った。
　何を言っているの……？
　終わりってどういう……？
「だから、お前とのお遊びも終わりだっつってんだよ」
「な、んで……」
　あたしと統牙はお遊びなんかで付き合っていないよ。
　お互い、愛し合っていたじゃん。
　統牙も遊びじゃないって言っていたじゃん。
　なのに、なんでそんなこと言うの？
「俺はすぐに人を捨てれる人間なんだよ」
　フッと鼻で笑い、蔑むような瞳であたしを見つめている。
「総長にでも泣きつけ……あの人は優しいから」
「バカッ……！　統牙は人の痛みがわかる人なの。人の幸せを喜べる人なの……っ」
　あたしは必死で対抗する。

全部、嘘だなんて言わせない。
　あたしは統牙のことを信じているから。
　統牙はそんなことするような人じゃない。
　すごくいい人で優しい人だから。
　あたしの言葉に驚いたのか、少し言葉を失っている様子の統牙。
「お前に俺はもう必要ないだろ？　ちゃんとみんなに愛されてんだから」
　ねぇ、それはどういうこと？
　あたしは……ワガママだけど統牙にも愛されたいよ。
「どうしてそんなこと言うの？」
「俺がいなくてもお前は生きていける。もう俺はお前に飽きた、ただそれだけのこと」
　そう言うと、統牙はどこかに行く準備をして玄関へと向かう。
　あたしは慌てて、腕を掴んで引き止める。
「鍵は閉めてからポストん中に入れとけ」
「やだっ……あたしは……あたしは統牙に愛してほしい」
　どうして統牙はこんなにも急変してしまったの？
　何か理由があるんでしょ？
　言ってよ……あたしは彼女だよ？
　悩んでいるなら……相談してよ。
　あたしにも、いっぱい心配とか迷惑かけてよ!!
　そう言うと、統牙の肩がピクッと動いた。
　そして、振り返りあたしのほうを一度だけ見ると、あた

しの左手の薬指を指さして、
「ここに指輪つけてやれなくてごめん……」
　それだけ言って扉を開けて外に出ていってしまった。
　その言葉を言った時の統牙の目はいつものように優しい瞳で、少し切なげに揺れていた。
　統牙が出ていき、その場にヘナヘナとしゃがみ込んだあたし。
　終わっちゃった……その瞬間、我慢していた涙がポロポロと流れ出てきて止まらなかった。
「と、うが……ぐすっ……」
　なんで……？
　なんであんなこと言うのよ。
　いつまでもこんなところにいられないと立ち上がり、灯りを消して外に出て鍵を閉める。
　今日は泊まる予定だったし、倉庫に泊まらせてもらおう。
　統牙……どうしちゃったんだろう。
　いったい何があったの？
　思えば思うほど不思議に思い、あたしは倉庫まで走った。
　竜也さんなら何か知っているかもしれない。
　未練がましいかもしれないけど、統牙が本当にあたしに飽きたのならあたしも諦めるけど、もし、統牙が悩んだり困っているなら、あたしがそこから救ってあげたい。
　だから、あたしは必死に走った。
「あっ！　結実……!!」
　倉庫につくとまた、千香があたしのところに駆け寄って

きた。
「統牙さんは……!?」
「え？　統牙？」
　いきなり、ダメージの大きいキーワードを出されて動揺する。
「統牙ならどっかに行っちゃった……」
「えっ……」
「でも、どうして？」
　なんで、みんなそんなに苦しげな顔しているの？
　統牙が何かしたの？
「さっきの話の……メッセージを送ってきた奴……統牙さんだったの……」
　言いにくそうにモジモジしながら、千香がボソボソッと言った。
「……嘘」
　信じられなかった。
　あの仲間想いの統牙が、そんなことをするなんて理解できなかったから。
「……俺たち裏切られてたのか？」
　誰かが呟いた。
　そんなことない……!!
　統牙はいつだって朔龍のみんなのことを思っていた。
　そう言おうとしたら、イスに座っていた仁さんが立ち上がり、みんなの前に出た。
「統牙はそんなことする奴じゃねぇだろ。お前らがいちば

んよく知ってんじゃねぇのかよ!!」
　仁さん……普段はあまり怒らない仁さんも、今日はさすがに怒っていた。
　でも、そんな時でも仲間を信じる仁さんはカッコいいと思った。
「そうだよな。あの統牙がそんなことするわけねぇよな」
「アイツ、すぐ１人で抱え込もうとするからな」
「まったく、そういうところ昔から変わらねぇよな」
「まあ、アイツらしいけどな」
　口々にそんな声が聞こえてきた。
「統牙は何か理由があって、こんなことをしたんだと思います……っ！」
　あたしは大きな声でそう言った。
「ああ、そうだな。とりあえず、指定の場所に行くぞ」
「「おっす……!!」」
　仁さんの一言にみんなが声を上げた。
　ほら、統牙もちゃんと愛されているよ。
　だって、こんなにたくさんの仲間が君のために頑張っているんだもん。
　秘密の計画を立てていた時からそう思っていた。
「ねぇ、竜也さん……」
　あたしはその中で竜也さんに声をかけた。
「ん？　何？」
「ある場所に連れていってほしいんです」
　こんなことは竜也さんにしか頼れない。

「どこ？」
「龍極の倉庫です……」
「はぁ!?　なに言ってんの……!?」
　当然のリアクションだと思う。
　だってケンカもできないあたしが、危険しかない相手の倉庫に行こうとしているんだから。
「つーか、そんなところに行っても統牙はいねぇよ？」
　確かに指定された場所は違うところだけど……。
「お願いします。なんか……統牙はそこにいる気がするんです」
　あの時の統牙の顔は何か言いたげだった。
　嘘をついている時の顔だし。
　だから、きっとみんなにメールで送った場所も、嘘だと思うんだ。
「いいけど、総長も一緒に来てもらわねぇと……」
「わかりました!!」
　あたしはその言葉を聞き、仁さんにお願いしに行った。
「仁さん……っ！　お願いです。あたしと一緒に龍極の倉庫に来てください……っ！　統牙は絶対そこにいる気がするんです!!」
　あたしは必死の思いで仁さんに頭を下げた。
　こんなにも頭を深く下げたのは初めてってぐらい。
　でも、統牙のためなら土下座でもなんでもできる。
「ほんとか……？」
「なんとなくなんですけど……このままだと統牙がいなく

なる気がして」
　なんか、ソワソワするの。
　変な胸騒ぎっていうか。
　もう統牙はあたしのものじゃないかもしれないけど、まだあたしの正直な気持ちを話せていないんだもん。
「わかったよ……」
　仁さんはあたしのワガママに、しぶしぶ首を縦に振ってくれた。
「ありがとうございますっ……！」
　仁さんからの承諾も得て、二手に分かれて統牙を探すことにした。
　お願い……無事でいて……っ!!
　竜也さんの後ろに乗せてもらいながら心の中で祈る。
　統牙……お願いだから、死なないでね……っ。

すべてを守るために

【統牙side】
『やだっ……あたしは……あたしは統牙に愛してほしい』
　1人、バイクに乗りながら思い出すのは、泣きながら俺に言った結実の言葉。
　ごめんな……結実。
　お前と一緒にいてやれなくて。
　でも、俺にはこうするしかなかったんだ。
　すべてを守るためには……。
　それは遡ること、数ヶ月前に龍極の奴らが倉庫に攻めてきたそのすぐあとの頃。
　仕事が終わり結実が待つ家に帰ろうとした時に、知らない番号から電話がかかってきた。
　俺は不審に思いながらも対応すると、俺に電話をかけてきたのは、その時に俺が気絶させた男だった。
《4月19日、朔龍で武器を持たずに倉庫に来い。今度は負けねぇよ。お前にボロボロに負けて恨んでる族も集めてあるからよぉ。もし、来ないと朔龍の仲間とお前の大事な女を殺す》
　そう言われた。
　最初は本気にしないで無視していた。
　この手の脅しは今までにもたくさんあったから。
　でも、アイツらが本気で殺そうとしているのがわかった

のは、その電話から数日たったある日。

　朔龍の奴らが次々と謎の人物に襲われて、殺されかけていることを知った。

　俺はこの時、アイツらは本気なんだと確信した。

　そして、『わかった』と承諾した。

　その時はまだ4月19日までは期間に余裕があったから、結実たちとの時間を大切に過ごすようにした。

　俺はこの日に殺されるかもしれない。

　そう感じていたからだ。

　龍極だけならまだしも、これまで朔龍に負けた族も来るとなるとさすがにやべぇし。

　そして、その日までに済ませておかないといけないことや考えなくてはならないことが2つほどあった。

　1つ目は結実のこと。

　もし、俺がアイツらに殺されてしまえば、結実は1人になってまた悲しむ。

　だから、結実を家へと帰さなければならなかった。

　結実たちの家族はすれ違っているだけで本当はお互いを想っている。

　だから、その誤解を解かなければならない。

　本当は結実が落ちついてから行きたかったけど、俺にはもう時間がないんだ。

　俺の予想通り家族は再び元通りになり、結実も自分の家に帰ることになった。

　これで、俺がいなくなっても、結実には愛してくれる人

がいる。
　家族というかけがえのない存在が……。
　それに、きっと総長は結実のことが好きだ。
　だから、俺が死んでも結実は大丈夫。
　きっと総長のことを好きになる。
　あの人は本当に尊敬できる人だから。
　総長に取られるのはすげぇ悔しい気もするけど、結実を危険な目に遭わせるよりはマシだ。
　そして、2つ目は朔龍のみんなのこと。
　朔龍に負けた奴らは朔龍全員で来いと言ったが、奴らの本当の狙いは次期総長であり、朔龍で【ナンバー2】の俺だけなはずだ。
　なぜなら、総長はもうすぐ引退するから俺が総長になり、朔龍で【ナンバー1】になることになるからだ。
　だから、俺のせいで、朔龍のみんなが傷つくところは見たくない。
　大切な仲間だから……傷つけたくないんだ。
　家族のように慕ってきたみんなだからこそ、俺のせいでケガしたりするのは耐えられない。
　だから、俺は決めた。
　朔龍を……裏切ると。
　本当はこんなことしたくない。
　いつまでも朔龍のみんなと……結実といたい。
　だけど、みんなを巻き込むわけにはいかない。
　俺だけが奴らの倉庫に向かえばいい。

朔龍のみんなには嘘の場所を教えた。
この前、拓哉さんに言われたこと。
『お前が次の総長に決まったぞ。これからの朔龍をよろしくな』
正直、嬉しかった。
だけど、それは仁さんや拓哉さんが、朔龍を引退するということでもあって、悲しくもなった。
でも、その候補もすぐに取り消される。
今頃はみんなあのメッセージを送ったのが俺とわかり、最低な奴だと思っている頃だろう。
大切なものだからこそ、自分を犠牲にしてまで守りたい。
でも、頭の中から離れてくれねぇんだ。
結実と過ごした幸せな日々、朔龍のみんなと過ごした時間が。
俺にとってはかけがえのない時間だった。
何にも変えられない……俺だけの大切な日々。
そんな俺も18歳を迎える前に、この世界から消えてしまうんだな。
後悔は山ほどある。
もっと、みんなに素直になればよかった。
結実に、もっと『愛してる』と伝えればよかった。
だけど、それも全部墓場まで持ってくことにする。
今までのことを思い出して涙を堪えながら、俺はバイクのスピードをグンと上げた。
今は23時ぐらい。

サツに見つかると面倒だから静かに走らせる。
　もうすぐ、俺はアイツらが待つ倉庫につく。
　そこで俺の命は終わるかもしれない。
　結実……お前はもう俺がいなくても大丈夫だろ？
　ちゃんとお前には愛してくれる人がいる。
　俺の愛はもういらないだろ？
　俺はお前と出会えて幸せだった。
　初めて本気で好きになった。
　嫉妬してくれた時は正直すげぇ嬉しかった。
　お前の全部を、俺はいつの間にか愛していた。
　これからも叶うならば隣にいたかった。
　結実、ごめんな。
　ありがとう、こんな俺を愛してくれて。

　俺はようやく目的地についた。
　バイクを止めて中に入ると、俺に電話してきた奴が偉そうに仁王立ちしていた。
　その後ろには俺たちに負けた奴らが、鉄パイプや金属バッドを持って立っていた。
　コイツらは朔龍で来ると思っていただろうから、この人数がいても当然だ。
「おいおい、他の奴らはどうした？」
「……お前らなんか俺１人で十分だ」
　いくら腕に自信のある俺でも、100人以上を１人で倒すのはさすがに不可能だ。

でも……最後ぐらいはカッコつけさせてくれよ。
　朔龍のみんなには借りがあるんだ。
　こんな俺を温かく迎え入れてくれた。
　家族のように優しく、時に厳しく接してくれて、俺の心を救ってくれたんだ。
　その貸しを今から返す。
「笑わせんな。俺たちも舐められたもんだな」
　そうか、コイツは龍極の副総長だったのか。
　噂には聞いていた。
　相当、タチの悪い副総長の名倉。
　今さら、気づいた。
　だからコイツの言うことはみんな聞くのか。
　総長は今は不在らしい。
　誰が総長になるのか相談しているところらしい。
　なるほどな。
　全国ナンバー１の朔龍の総長候補の俺を殺せば自分が総長になれるかもしれないってことだな。
　それだけのために、わざわざ朔龍に負けた奴らまで集めやがって。
　どこまでもタチのわりぃ奴だ。
　名倉は持っていた鉄パイプを地面に叩きつける。
　それが合図だったのか、勢いよく奴らが俺のほうに走ってくる。
　俺は向かってくる奴らを次々と蹴り飛ばしたり、殴り飛ばしたりして倒していった。

もちろん、俺は素手。
鉄パイプや金属バットを器用に避けていく。
俺は武器は使わないようにしている。
それは人を殴るためにあるものじゃないから。
俺たち、朔龍はいつだって素手。
そのバットで一生懸命野球を練習している奴もいる。
なのに、それで人を殴ったりするのは腑に落ちないから。
それはだいぶ前の朔龍の会議で決まったこと。
俺もその時に参加していたし、その意見に賛成だった。
だけど、素手で人を倒すのも体力をかなり消費する。
　人間にも限界というものがあるもので、半分ぐらい倒したところで俺は力尽きた。
　頬が痛い。
　さすがに無傷で倒したわけじゃないから、頬にたくさんの傷を作った。
　俺がヘトヘトになっているのに気づいた名倉が、また鉄パイプで地面を叩く。
　すると、俺に殴りかかっていた奴らが突然手を止めて、俺を囲むように立ち始めた。
「はぁっ……はぁ……」
　俺はその場に座り込んだ。
　もう立てない……足に力が入らない。
「お前もそろそろ終わりか？」
　名倉はそう言うと、鉄パイプをジリジリーッと音を立てながら地面に引きずらせて俺に段々と近づく。

やっべぇ……体に力が入んねぇ。
　でも、俺は自分の大切な人たちのためなら自分の命なんか惜しくない。
　だけど……どうしても心配なのは結実のことだ。
　いつも強気なくせに泣き虫で、人のために涙を流すようなそんな心優しい奴。
　俺が死んだ、なんて聞いたらどうなるんだろうな。
　きっと、悲しませてしまうことだろう。
　頭の中に浮かぶのは笑っている結実の顔。
　俺の大好きな顔だ。
　最後に結実のことを想って死ねるなら俺は幸せだ。
「恨むなら自分を恨むんだな、相島」
　俺は死ぬ決意を固め、俯いて目を閉じた。
　朔龍……俺に居場所をくれてありがとう。
　仲間になってくれて……俺に希望をくれて……本当にありがとな。
　そして、結実……お前に言わなきゃいけないことがあったんだ。
　それがお前に伝わる日はないから、心の中で言うことにする。
　俺はお前を愛している。
　結実はいつも"愛してくれてありがとう"なんて言うけど、俺だって、お前にお金じゃ買えないたくさんのものをもらった。
　消えてしまっていた優しさや温もり。

お前を愛したことでもう一度知ることができた。
　だから、お前を愛すことは俺にとって、すっげぇ幸せなことだったんだ。
　そして、何よりお前からの愛がいちばん嬉しかった。
　心を温かくしてくれた。
　本当にありがとな、結実。
　結実や仲間たちを想うと涙が出そうになるけど、泣くまいと、唇をギュッと噛みしめた。

第4章

見つけた愛する意味

「心配すんな、アイツなら大丈夫だよ」
　あたしの手が震えているのに気づいたのか、竜也さんが声をかけてくれた。
「……でも、怖くて……統牙がいなくなりそうで……」
　もう一生会えないような……そんな気がするんだよ。
「結実ちゃん。統牙は結実ちゃん残して死んだりしないよ」
「はい……」
「俺ね、初めて統牙を見た時はマジ殺されんじゃねぇかなってくらいビビッたんだよね」
　空気が抜けたように笑った竜也さん。
「ケンカして俺が負けたんだけど、アイツが『お前、強ぇな。俺と一緒に来る？』って言ってくれて。そん時の俺、すげぇ荒れてて味方なんていねぇと思ってたんだけど統牙は違ったんだ。統牙の言葉で俺は自分の存在を認めてもらえた気がしたんだ。ほんと救われたよ」
　統牙と竜也さんにはそんなことがあったのか。
「だから、俺は統牙を死なせねぇ」
　きっと、竜也さんも言いたいことがたくさんあるはずなのに、それを堪えて何も言わないのは、きっと、統牙を信じているから。
　そんな竜也さんを見て、あたしも統牙を信じなきゃって思った。

あたしは、持ってきていたスマホで時間を見てからスマホをポケットの中に入れた。

　それから、しばらくバイクで走り、たどりついた龍極の倉庫。
　中からは男たちの声や手を叩く音が聞こえてきた。
　統牙は……本当にここにいるのかな？
「お前はここで待ってろ」
　仁さんにそう言われたけど、あたしは首を横に振った。
「お前がケガしたらどうするんだよ」
「ケガなんか……ちっとも怖くも痛くもない……統牙がいなくなることのほうが怖いし胸が痛い……!!」
　半泣き状態で仁さんの腕にしがみついた。
「お願い……行かせてください……」
　仁さんはあたしの頭にポンッと手を乗せると、みんなを連れて倉庫に歩いていく。
　それは……行ってもいいということなのだろうか？
　まぁ止められても行くけどね。
　あたしは、仁さんたちのあとを追うように倉庫へと向かった。
「おやおや、お仲間のお出ましか？」
　そこには、龍極の奴らが統牙を囲んでいた。
　そして、その中央には前に見た男と……傷だらけで息が荒い統牙がいた。
　統牙……っ!!

駆け寄ろうとするあたしを、仁さんが阻止する。
「俺らの大事な仲間を返してもらう」
「……そ……総長……」
　統牙は傷が痛むのか、顔を歪ませながらあたしたちを見ている。
「お前ら、行くぞっー!!」
　仁さんのかけ声とともにバックにいたみんなが走り出して、統牙のまわりを囲んでいた敵と戦い始めた。
　竜也さんも、仁さんも……みんな総出で。
　その光景は、あたしには仲間のために戦うヒーローのように見えた。
　あたしもなんとか統牙を助けようと、走り出す。
　でも……突然、鉄パイプで地面を叩く音がして……。
「うるせぇ……!!　コイツは俺が殺すんだよ」
　その一言で、うるさかった倉庫が静まり返った。
　それはあの男……竜也さんから教えてもらったけど名倉というらしい。
　今は副総長で、統牙を殺せば総長になれると思っているらしい。
　とんでもない勘違い野郎だ。
　人を殺して自分の地位を上げようだなんて最低な奴だ。
　そして、名倉は鉄パイプを統牙目がけて大きく振りかざした。
　ダメッ……!!
　このままだと統牙が死んでしまう……そう思った時に

は、体は勝手に動いていた。
　——ゴンッ……!!
　倉庫に痛々しい鈍い音が響いた。
　頭に今まで感じたことのない鋭い痛みが走って、そのまま地面に倒れ込んだ。
　あたしはとっさに統牙の前に飛び出して、鉄パイプで強く頭を殴られたのだ。
「結実……っ!!」
　愛しい人……統牙の声がする。
　よかった……生きていてくれて。
「バカな女だ。こんな奴のために自分が犠牲になるなんて」
「てめぇ……ふざけんじゃねぇぞ……!!」
　統牙の怒った声が聞こえてきて、そこからは名倉の呻き声だけが聞こえてきた。
「っ……お前ら、早く逃げるぞ……!!」
　名倉がそう言うと、ドタバタッと足音が聞こえてきて奴らは去っていったのだとわかった。
「結実……結実……っ、ごめんなっ……」
　統牙はあたしを寝転ばせたまま抱き寄せた。
　あたしの頭からは、たくさんの血が出ていて、意識も朦朧としてきている。
　統牙があたしを抱き寄せながら涙を流している。
　統牙……なんで泣いているの？
　あたしは愛する統牙を守ることができて嬉しいよ。
　あたし……見つけたんだ。

いつか、千香が言っていた。
『"愛"の意味はその人の捉え方』だと。
　あたしは統牙と出会って今まで過ごしてきて、その中で愛する意味を見つけたんだよ。
　統牙に愛されて、統牙を見ていてわかったんだ。
　あたしが統牙に愛されて見つけた愛する意味は……"自分を犠牲にしてでも守りたい"。
　そう思えること、そう思える相手に巡り会えた時に"愛"は生まれるんだと思う。
　家族だってそう。
　生まれて初めてその子を見た時に自分よりも大切に思えたなら、それが愛なんだとあたしは思うんだ。
　それは、統牙に愛されたから見つけ出せた答えなんだよ。
　統牙も言っていたでしょ？
『大事なもんは命を懸けても守んだよ』って。
　統牙はあたしにとってそう思える相手なんだよ。
　自分の命を棄ててでも守りたい相手と思えたから。
　だから、泣かないで……。
　あたしはあの日、統牙に初めて出会って、統牙があたしの涙を優しく拭ってくれたように……。
　朦朧とする意識の中で、統牙の頬を流れる涙をそっと拭った。
「と、うが……」
　愛しい人の名前を呼ぶ。
「結実……っ」

そして……伝えたい言葉を必死に言葉にする。
「たん、じょうび、おめ、でとう……」
　そう言って、精一杯笑った。
　さっき、スマホで見た時は24時になる３分ほど前だったから、もう３分なんてとっくにたっているでしょ？
　だから、今日は愛しい統牙の誕生日。
　あたしがいちばんに『おめでとう』って言ってあげたかったんだ。
　そして、あたしは意識を手放した。

誕生日プレゼント

【統牙side】
　結実……結実……っ。
　俺は手の震えが止まらなかった。
　結実が殴られて意識を失ってから、すぐに救急車が来て病院へと搬送された。
　俺も応急処置を……なんて言われたけど、それどころじゃない。
　結実が出血多量で手術室に入ってから、何時間がたつのだろうか。
　結実は……俺のことを何も責めなかった。
　泣いている俺を見て優しい瞳をして涙を拭ってくれた。
　何やってんだよ……俺は。
　自分の情けなさにイラついて、髪の毛を手でグシャグシャにする。
　結実は自分が危ない状態だというのに、俺に『誕生日おめでとう』と笑顔で言った。
　なんであんなにも優しいんだよ。
　俺はお前には酷いこと言って傷つけたんだぞ？
　なのに……やるせなさや、いろいろな想いが溢れ出てきて涙が止まらない。
「……統牙」
　そんな時、俺に声をかけてきたのは総長だった。

「俺……最低っですよね。本当は俺が守ってやんなきゃいけないのに……っ」
　俺がとった行動は果たして正しかったのだろうか？
　朔龍のみんなを裏切り、結実に酷いこと言って別れた。
　結局は、たくさんの人に迷惑をかけてしまった。
「アイツにとって、お前はそれだけ大事だってことだ。お前がアイツを大事に思ってるように、アイツもお前を大事に思ってる」
「でもっ……」
「じゃあ、お前ならどうしてた？　あの時、結実と同じ行動をとったか？」
「当たり前ですよ……結実は俺が命を懸けても守りたい奴ですから」
「なら、結実の行動は正しいんじゃないのか？　本当に愛し合っているからこそできる行動だと俺は思うけどな」
　結実は……俺のために？
　俺と同じ気持ちだったのか？
　結実も俺をそんなに大切に想っていてくれたのか？
「そうですよね……。俺、結実が目覚ましたら今まで以上に尽くします」
　"もし"なんて言葉は使わない。
　だって、俺は結実が目を覚ますと信じているから。
「いい覚悟だな。あと……お前は１回、家に帰ってあるものを見てこい」
　あるもの……？

俺の家に、そんなの置いてあったっけ？
「いいから行け……目覚めたら連絡してやるから」
　総長にそう言われるままに俺は総長に背を向けた。
　でも、またすぐに振り返った。
「総長……マジで感謝してます」
　そう言い、頭を下げてから俺は自分の家に向かった。

　何時間ぶりかに帰ってきた家。
　ここで俺は結実に最低なことを言ったんだよな。
　マジでカッコわりぃな俺。
　部屋は当たり前だけど、静かで少し切なくなった。
　いつも帰れば結実がいた。
　でも、今日はその結実がいない。
　改めて、結実の大切さや存在の大きさに気づかされた。
　靴を脱ぎ、リビングへと向かう。
　リビングの入り口の端のほうに、見覚えのない白い紙袋があった。
「なんだこれ……」
　不思議に思い中身を見ると、見たことのないビデオカメラだった。
　そして、その他にも小さな箱が入っていた。
　その箱には見覚えがあって手に取って中身を見る。
　そこには俺が結実にあげたリングの、メンズラインが入っていた。
　あれはいわゆるペアリングだった。

でも、結実にはただでさえいつも束縛しているのにペアリングなんて重くて、もっと縛ってしまうのではないかと、なんとも女々しく悩んでいて、購入していなかった。
　男のほうはハートじゃなくて、普通の黒のストーン。
　でも、結実は俺が普段リングなんてしないことを知ってるいるからか、首からかけられるようにネックレスにしてあった。
　結実は、ペアリングだということを知っていたんだな。
　それなら、あの時にこれも買っときゃよかったな。
　でも、すっげぇ嬉しい。
　そして、気になるのはこのビデオカメラ。
　中身はなんなんだろう。
　俺は気になったから見ることにした。
　テレビで見たかったから、いろいろと線を繋いでテレビに接続する。
　準備が終わり、そのビデオを流す。
　そして、テレビに映ったのは……。
【統牙、18歳おめでとう!!】という文字。
　なんだよ……これ……。
　そして、次に出てきたのは朔龍のみんな。
　みんな俺との思い出などについて話してくれている。
『誕生日おめでとう。あたしは統牙に恋したこと後悔してないよ。結実ちゃんのこと幸せにしてあげなさいよ！』
　……菜摘。
　いろいろあって、お前のことを傷つけたのに……ありが

とうな。
『統牙さん！　誕生日おめでとうございます！　結実のことも朔龍のこともよろしくお願いしますね』
　……千香ちゃん。
　千香ちゃんと友達になれて、結実はすげぇ嬉しそうだった。ありがとう。
『統牙、誕生日おめでとう。こうやってちゃんと口にすんのはいつぶりだ？　短く言うな。俺はお前と出会えてよかった。これからも俺様くんでいてくれよなっ！　統牙、だーいすきっ♡』
　竜也の奴……きもっ……と思うけど嬉しい。
　ちゃんとしてんのか、ふざけてんのかわからねぇよ。
　でも、そのビデオを見ながら１人で微笑んでいた。
　みんなから誕生日を祝ってもらえて素直に嬉しかった。
　次々とメッセージを言ってくれて……。
　これ、全員撮ったのか？
『統牙〜、誕生日おめでとう。お前のおかげで俺は菜摘と付き合えて幸せだ。お前はすぐなんでも抱え込むんだから、もっと人を頼れ。これからトップに立つんだからよ』
　……副総長。
『統牙。18歳おめでとう。俺はお前をあの日、仲間に入れたことを誇りに思う。これからも朔龍をよろしく頼むぞ』
　みんなのメッセージが終わり、最後は総長からのメッセージだった。
　総長らしい言葉だったな。

ビデオを消そうと思い、ボタンを押そうとしたら……。
『統牙‼　誕生日おめでとう‼』
　テレビから愛しい人の声が聞こえてきた。
　テレビの画面を見ると、そこには結実がこの部屋で恥ずかしそうにモジモジとしている姿が映っていた。
「嘘だろ……？」
　結実もこの企画に参加していたのか。
『統牙、ビックリした？　この計画すごい前から考えていてやっと昨日完成したの！　すごいでしょー？』
　これは、結実が俺のために考えてくれた、サプライズの誕生日プレゼントだったのか……？
　いつの間にこんなこと……結実を想うと胸がズキズキと痛み、苦しくなって涙が出てくる。
『えーっとね、統牙に伝えたいことはいっぱいあるんだけど短くするね』
　テレビに映る結実は楽しそうに話している。
『まずは、いつもかわいげのないあたしのそばにいてくれてありがとう。統牙のおかげで今のあたしがある。"愛"なんてくだらないと思っていたけど、愛されるってこんなに幸せなことなんだって統牙に愛されて知ることができた。あたしにとって統牙はかけがえのない存在だよ。統牙、生まれてきてくれてありがとう。あたしと出会って愛してくれてありがとう。ずっと、愛してる』
　そこで、ビデオは終わった。
　俺はビデオが終わってもしばらく放心状態で、気づけば

大量の涙が頬を伝っていた。
　俺はすげぇ愛されてんな。
　結実……会いたい。
　もう一度、声が聞きたい。
　『愛してる』って言ってくれよ。
　いてもたってもいられなくて、家を飛び出して結実のいる病院へと再び向かう。
　結実……俺もわかった。
　たとえ、結実が俺を必要としていなくても俺が結実を必要なんだ。
　俺が結実なしじゃ、耐えられねぇんだ。
　総長から連絡はない。
　ということは、まだ結実は目覚めていないということだ。
　頼むから……これから先も君の笑顔を隣で見ていたい。

「総長……っ！」
　俺は病院につくと、集中治療室の前まで行った。
　でも、まだ結実はその部屋にいて、部屋の前には結実の家族や朔龍の数人がいた。
　みんなすすり泣きしていたり、俯いていたりしている。
「まだ……目覚めてない」
「俺……結実がいないと無理です……」
「わかってる……」
「結実は絶対に目覚めます。俺が死なせません。なんとしてでも引き止めますから」

伝わってほしい……俺の想いが……今は俺たちの"愛"を信じるしかないんだ。
「結実……俺を残して死んだら許さねぇからな」
　ボソッ……と呟く。
　お前なしの人生なんて考えられねぇんだよ。
　お前は絶対に俺より先に死んじゃいけない。
　絶対に、俺が先に死ぬから。
　俺はヨボヨボの爺さんと婆さんになるまで、お前と一緒にいるつもりでいるんだから。
　そこに、お前もいなきゃ意味ねぇだろ？
「これからも……俺に愛させてくれよ……っ」
　俺はもうお前しか愛せないんだ。
　まだまだお前を愛し足りない。
　だから、俺のことを愛しているなら戻ってきてくれよ。
　次の瞬間……手術室の扉が開いて医師が出てきた。
「結実は……っ!?」
「後遺症も残らず無事です。今は麻酔で眠っていますが、しばらくしたら目覚めるでしょうから、そばにいてあげてください」
「よかった……ありがとうございました」
「本当によかったですね。さっきまでは本当に危険な状態だったんですが、どうしたことか急に回復して……これぞ愛の力ですね」
　医者は俺には微笑んでそう言うと、肩を軽くポンッと叩いて去っていった。

それから、結実がストレッチャーに乗せられて病室まで運ばれた。
　頭には包帯がグルグル巻にされていて胸が苦しくなる。
　でも……結実は生きている。
　それだけで今は十分だった。
　それから、結実が目覚めるまで、結実の家族と交代で様子を見ることになった。
　結実……ほんとにありがとな。
　戻ってきてくれて。
　結実の細くて長い指の小指に輝くピンキーリングと俺の小指にはめているリングが重なり合って、蛍光灯の光を受けてキラキラと光っている。
　俺はせっかくだから、小指にはめることにしたんだ。
　これで、正真正銘のペアリングだな……。
　結実の手を握りしめながら心の中でそう言った。

ずっと、愛してる

「んっ……」

目を覚ますとそこは真っ白な天井に鼻にくるツンッとしたような薬品の匂いがした。

手が温かい何かに強く握られている。

そちらを見ると、そこにはあたしの手をギュッと握りしめて眠っている統牙がいた。

「と、うが……」

あたし、生きているんだ。

よかった……あのまま死んでしまったら、統牙を残していってしまうことになる。

そうなったら統牙はまた自分を責めてしまう。

そう思ったらどうしようもなく切なくて……。

そんな時に『これからも俺に愛させてくれよ』という統牙の声が聞こえてきた気がしたのだ。

そしたら、生きたいっていう力が大きくなって、今こうして統牙に手を握られながら、彼のことを見つめられているのだろう。

あたしはもう片方の手を伸ばし、統牙の頭の上に置いて頭を撫でる。

こうするのも久しぶりだなぁ。

サラサラの金髪は、統牙によく似合っている。

だけど、どんな髪の毛の色でも統牙は似合っちゃうんだ

ろうな。
　そして、あたしも、どんな統牙も気に入って好きになるんだろうなぁー……なんて思う。
「んんっー……ん？　結実？　結実……!?」
　統牙は眠りから覚めて、あたしが目覚めていることに気がついた。
「と、うが……よかっ、た……」
　ニコッと笑うと、統牙は涙を流しながら……。
「ありがとな……結実」
　そう言ってあたしの頭を撫でてくれた。
『ありがとう』
　それを言うならあたしのほうだよ。
　だって、統牙と出会って愛してもらっていなかったら、あたしは愛の意味すら知ることができなかったんだよ。
　こんなにも大切な人ができて、あたしは嬉しいの。
　きっと、統牙しか持っていない"愛"を、ずっとあたしに注ぎ続けてくれたから。
「す、き……だ、いすき……あい、してる……っ」
　あたしの口から統牙への想いが次々と出てくる。
　言ってやりたいことは、本当はもっと他にもあった。
『なんで嘘なんかついたのよ！』とか、『これからはあたしにも相談して』とか。
　でも、そんなこと以上に、統牙への溢れる想いを伝えたくなったんだ。
「俺も……俺、結実がいなきゃ無理……。結実のこと……

ずっと、愛してる」
　ずっと、愛している。
　そのセリフはあたしがビデオカメラでも言った言葉だ。
　ってことは見てくれたのかな？
　それともたまたま？
　もうこの際、どっちでもいいや。
　統牙があたしの隣でそう言ってくれているんだから。
　統牙の潤んだその瞳は出会った時のような寂しさや切なさが混じり合った瞳なんかじゃなくて、温かくて優しい瞳をしていた。
「さく、りゅう……みんな、にか、んしゃしない、とね」
　みんながいたから……みんなが統牙を想ってくれたから、あたしたち２人は今ここで息をしていられる。
　朔龍はあたしたちにとって、大事な大事な……家族みたいなものだね。
「ああ。俺はもう、いられないかもしれねぇけどな」
　そう言った統牙は悲しそうに顔を歪めた。
　朔龍を裏切ったから追放されると思っているんだろう。
　あたしもなんとかしてあげたいけど、あたしのちっぽけな力じゃなんともできない。

「お前は俺らの大事な仲間だ。追放なんてありえない」
　後ろから現れたのは……仁さんや拓哉さんや菜摘さん。
　それに竜也さんに千香たち。
「結実……っ!!」

千香があたしのもとに駆け寄る。
　　それをみんなが温かい目で見ている。
　　みんな心配してくれていたのか、あたしを見てホッとしたような表情をしている。
　　あたし……すごい愛されているなって実感した。
「総長……今回はほんとにすみませんでした」
　　統牙が仁さんに頭を下げて謝った。
「……お前は朔龍を想ってやったことだ。今回は許す」
「……ありがとうございますっ!」
　　よかった……。
　　統牙は朔龍のメンバーとしていられるんだね。
　　本当によかった。
　　嬉しさで泣いてしまい、涙が枕に灰色のシミを作る。
　　朔龍を見ていると、仲間の大切さとかを教えてもらっている気がする。
　　絆ってすごいなーって思った。
　　仲間のために戦う、どんな時も仲間を想うこと……すべて朔龍から教わったことだ。
　　なんか、あたしも学校で頑張ってみようかなって思えてきた。
　　それから、お母さんたちがやって来た。
「「結実……っ!!」」
「お姉ちゃん……!!」
　　お母さんと志穂は涙を流していて、お父さんは目をウルウルとさせていた。

ああ、あたしの家族はいつの間に、こんなに家族らしくなっていたんだろ。
　少し前までとは大違い。
　あたしはそんな温かい家族に笑顔を向けた。
「結実……戻ってきてくれてありがとう……っ」
　お母さんはそう言って、あたしに泣きついた。
　そんなお母さんの背中を優しくさする。
「お、かあさん……産んで、くれて……あり、がと」
　ずっと、伝えたかった。
　統牙に出会う前までは生まれこなきゃよかったと思っていたけど、お母さんが産んでくれたから、あたしはこんなにも愛しい人たちに出会えて、幸せな日々を送ることができたんだ。
「うん……っ、お母さんも産んでよかったわ……っ」
　ずっと聞きたかった言葉の１つ。
　あの日、今とは真逆の言葉を言われてすごく傷ついたけど、今こうしてこの言葉を聞けたのは、すべての支えとなってくれた統牙のおかげ。
『産んでよかった』
　そう言われただけであたしは、この世で必要な子だと胸を張って言える。
　あたしは……少し前まではこの世でいちばん不幸なのはあたしだと思っていた。
　だけど、今は……。
　世界でいちばん幸せなのはあたしだ、と大声で叫びたい

気分だ。
　あたしは誰にも負けないぐらい幸せだ。

　あたしは３ヶ月ほどの入院で退院することができた。
　そしてついに、あたしたち朔龍にとって特別な日がやって来た。
「朔龍、５代目総長、津雲仁。朔龍、５代目副総長、御堂拓哉」
　総長さんと副総長さんが特攻服を身にまとい、みんなの前に立ち、話している。
　朔龍のみんなは尊敬の眼差しで黙って聞いていた。
　中には、すすり泣きしている人もいたけど。
　あたしもウルッときて、人差し指で目尻を拭う。
　そう、今日は総長の仁さんと副総長の拓哉さんが朔龍を引退するのだ。
　いろいろあったな……。
　時には仁さんに統牙とのことで試されたこともあったし……今では全部いい思い出だ。
「お前らは俺らにとって大事な仲間。それは引退しても変わんねぇから、なんかあったらいつでも相談してこい」
　総長さんの熱くて優しい言葉。
　仲間想いの仁さんらしいセリフだ。
「こんな俺を副総長として慕ってくれてありがとな。お前らは本当に最高だったぜ」
　拓哉さんが涙を堪えながら言った。明るくムードメー

カーのようだった拓哉さん。その明るさに何度も救われた。
　仁さんたちの話が終わり、仁さんと拓哉さんたちに挟まれるように真ん中に立ったのは……黒の特攻服を身にまとった統牙。
　そして、白の特攻服を身にまとった竜也さんだ。
「朔龍、6代目総長、相島統牙。朔龍、6代目副総長、遠藤竜也」
　仁さんたちが統牙たちの名前を呼ぶと、まわりから歓声の声が上がった。
「よ！　総長……っ!!　ひゅーひゅー!!」
「我らが6代目総長!!」
　みんな統牙が総長で文句はなさそうでよかった。
「みんなにはすげぇ迷惑かけた。でも、こうして今も朔龍のメンバーでいられることを……みんなと出会えたことを俺は誇りに思う」
　統牙の話が始まると、歓声は静まりみんな真剣に聞いていた。
　統牙にとって朔龍はとっても大事な居場所だもんね。
「だから、俺に黙ってついてこい」
　最後はお得意の俺様セリフでビシッと決めた。
　まわりからは再び歓声がドッとわき上がる。
　統牙も嬉しそうに笑顔でその様子を見ていた。
「あと、結実は俺の女だから。好きになってもいいけど、手に入らねぇからな。俺は結実を手放す気ねぇから」
　なっ……。

いきなり、何を言い出すかと思いきや……!!
　みんなの前でそんなことわざわざ言わなくても……!!
　って思うけど、内心はすごく嬉しい。
「な？　結実」
　いきなり話を振られて、みんなが一斉にあたしのほうを見る。
「へっ……!?」
「へっ……じゃねぇよ。お前は俺の最後の女だから」
　いつか、そんな話をしていたな。
　なんか、今じゃ懐かしいな。
「あたしも統牙が最初で最後の男だよ」
　そう言うと、まわりが指笛を吹いたりして、「羨ましくなるくらいラブラブだぜ〜！」なんて声が聞こえてきた。
　仁さんたちも呆れたように、でも楽しそうに笑いながら、あたしたちのやりとりを見ていた。
「統牙……これから朔龍をよろしくな。お前なら安心して任せられる」
　仁さんが統牙に握手を求めた。
　そして、統牙はその手を取り、
「はい、精一杯やらせてもらいます。俺にとっていつまでも仁さんは恩人であり、もっとも尊敬できる人です。いつか、俺もそんなふうに思ってもらえるように頑張ります」
　たくましく笑いながら言った。
　すると、今まで涙を１つも流していなかった仁さんが静かに手で目を押さえて涙を流した。

これには拓哉さんも朔龍のみんなも……統牙でさえも驚いていた。
　仁さんの家庭環境もあまりよくないと、統牙から聞いたことがある。
　だからこそ、朔龍という仲間たちを大切にしていたんだ。
　それに、弟のように思っていた統牙がこんなにもたくましく成長していたことも嬉しかったんだと思う。
「俺はお前と出会えてよかった。それにお前はもう……ちゃんとそんな人になっている。みんな、お前のことを尊敬しているぞ……っ。これからもそんな人であり続けろっ」
　涙を流しながらを話す仁さんに、みんな涙を誘われた。
　もちろん、あたしは大号泣。
　だって……なんか胸がジーンッとするんだもん。
　統牙も今日は泣いていなかったのに、これはさすがに感動したようで涙を流していた。
　あたしには決してわからない、男２人の固くて強い絆や友情があるんだろう。
　そして、仁さんは統牙の肩をポンポンッと軽く叩くと目尻を押さえながら……。
「拓哉、行くぞ……」
「はいはい……っ。じゃあな、みんな！」
　拓哉さんとともに倉庫の出口に向かって歩き出した。
　すごいカッコいい去り方だな。
　最後まで仁さんはカッコイイ総長であり続けたんだ。
「ありがとうございました……っ‼」

統牙が仁さんたちに頭を下げてそう言うと、
「「ありがとうございましたっ……!!」」
　みんなも一斉に頭を下げてそう言った。
　すると、仁さんと拓哉さんはカッコよく左手を一度上げてそのまま倉庫から出ていった。

　無事に総長の引き継ぎが終わり、あたしたちは統牙の家に戻ってきた。
　今日は統牙の家に泊まることになっている。
「総長……おめでとう!!」
　あたしたちは家のベッドの上に、2人仲よく寄り添って座っている。
「ん……ありがと」
　統牙は目を細めてあたしに笑顔を向けた。
　あたしは統牙の唇にキスを落とした。
　お祝いの印にでもなればいいなぁって思ったから。
「なっ……おまっ……不意打ちはマジで反則だから」
　統牙の顔は、みるみるうちに真っ赤に染まっていく。
　それがかわいくて笑っていたら、統牙の目つきが一気に変わった。
　まるで、獲物を見つけたオオカミのよう。
「ふーん……俺にそんなことしていいんだ」
「へっ……!?」
「どうなっても知らねぇからな」
「ちょ……んっ……!!」

いきなり、唇を塞がれてどんどん深く甘いキスに変わっていく。
「結実……愛してる……この先もずっと……」
　キスの最中にそんなこと言われて……あたし、幸せすぎて死んじゃいそうだよ。
「んっ……あ……たし……も」
　頑張って、ぎこちないけど返答した。
　すると、統牙はいきなりキスをやめて……。
「今日はもう我慢できねぇんだけど」
　それって……そういうことだよね？
「うん。いいよ……あたしも統牙と愛し合いたい」
　統牙のすべてが欲しい。
　身も心も１つになりたいの。
「優しくはできねぇけど……たっぷり愛してやる」
　そう言って再びキスを落とした統牙。
　あたしはそんな統牙に身を委ねた……。

　そして、たっぷりと愛されてから統牙に優しく抱きしめられる。
「……俺の夢、聞いてくれる？」
　突然、そんなことを言い出した。
「うん」
「俺……いつか結実と結婚して子どもも作って、あったけぇ家庭を築くのが俺の夢」
　嘘……それはあたしが密かに思っていたことと同じだ。

「あたしも……そう思ってたよ。いつか、絶対叶えようね」
「あぁ。もし、子どもができたなら２番目に愛して、たっぷり俺の愛情注いでやらねぇと」
「１番目は？」
「バーカ。お前に決まってんだろ」
　そういうと、おでこにそっとキスを落とした。
　統牙はいつまでも、あたしを１番でいさせてくれるんだね。
　あたしもずっと統牙が１番だよ。
　あたし、やっぱり生まれ変わりたくない。
　だって、生まれ変わらなくたって、これでもかっていうぐらい愛されているから。
　空っぽだったあたしの心は今、統牙の愛で溢れている。
　統牙から教わったことは他にもある。
　ヤキモチや仲間や家族の大切さ。
　そして、愛する意味を……。
　あの日、『俺が愛してやるよ』と言ってくれた君。
　その言葉通り、あたしのすべてを大きな愛で包み込んで愛してくれた。
　君と出会えてよかった……と心の底から思う。
　君と出会って君の大きな愛に包まれて……。
「結実、誰よりもお前を愛してる」
　あたしの世界は、いろいろな"愛"で溢れ返る世界に変わったんだ。

☆
☆
☆
番外編

変わらない気持ち

　統牙が総長になって半月以上がたち、昨日から新学期が始まってもうすぐ本格的に学校が始まる。
　あたしは4月に高校3年生になった。
　いろいろとあったけど、今日もあたしは統牙の隣にいる。
「ねぇ～、どっか出かけようよ」
　午後12時、学校終わりに統牙の部屋に来た。
　そして、ソファで寛ぎながらテレビを観ている彼に提案する。
「んー、どこ行く？」
「どこにしよっか！」
「あんまり遠くは拒否だかんな」
「えー、ケチな奴」
　返事がうわの空で統牙はテレビに夢中だ。
　テレビに映っているのは、あたしが統牙の誕生日にあげたビデオレター。
「そんなことより、もうすぐ結実のメッセージだぞ」
　なんて頬をニヤニヤと緩ませて言われたら、これ以上何も言えなくなる。
　そんな顔しないでよ……なんか照れるじゃん。
「もう何回も観てるでしょ？」
「だって、モジモジしてる結実がかわいいんだから仕方ねぇだろ」

「実物がここにいるのに？」
「……」
　あたしのことなんか見向きもしないで、統牙はビデオレターに映るあたしに夢中だ。
　何よ……実物よりビデオレターのほうがいいってこと？
　明日は日曜日だから久々のお泊まりだったのに、もう家に帰りたくなってきた。
　統牙だって、今日は久しぶりに仕事も休みで朔龍の倉庫にも行かなくて大丈夫な日だったから……楽しもうと思っていたのになぁ。
「あー、いつ見てもいいな。このビデオレター。ありがとな、結実」
「うん」
　喜んでくれたのはすごく嬉しいけど、あたしのことを放置するくらい夢中になってしまうなら、あげなきゃよかったとも少しだけ思ってしまうあたしは最低だ。
「でもさ」
「何？」
「やっぱ、ビデオレターの結実もかわいいけど、こうやって構ってもらえなくて拗ねてる結実のほうが何倍もかわいいし、好きだ」
　そう言うと、あたしのほっぺにキスを落とした。
　いまだに『好き』と言われることに慣れなくてドキドキしてしまう。
　拗ねていること、わかっていたんだ。

本当に統牙は意地悪……わかっていてわざとビデオレターに夢中のフリしていたんだもん。
「意地悪……」
「ほっぺだけじゃ足りないんだろ？」
「誰もそんなこと言ってな……んんっ」
　否定の言葉を言う前に、大好きな彼の唇で塞がれてしまった。
　息もできないくらいの甘いキスに溺れてしまう。
　無意識に統牙の胸元の服をギュッと掴んだ。
「あー、やべぇ。止まんない……」
　一瞬、唇が離れて統牙が呟いている隙に酸素を目一杯吸い込んだ。
　だけど、それは本当に一瞬のことで、すぐに唇は甘いキスによって塞がれた。
「今はここまで。これ以上してるとマジで理性飛ぶ」
　しばらくして再び唇が離れるとそう言った統牙。
「うん」
「続きは夜な。今日は結実を充電する日だから」
　なっ……！
　そんなこと満面の笑みで言うなんて反則だよ。
　ただでさえ、今はキスが終わって鼓動が高鳴っているというのに。
「そ、そうなの？」
「当たり前だろ。俺、もう結実不足で死にそー」
　あたしの頬に触れながら、しょぼんと眉を八の字に下げ

る統牙がかわいくてたまらない。
　いつもはカッコいいけど、たまにこうしてかわいくなって甘えてくるからそのギャップにやられる。
「死んじゃダメだよ？」
「んじゃあ、ギュッてして」
　両手を広げてハグを求める統牙にあたしの心は、もう射抜かれまくり。
　かわいすぎませんか……？
　本当に総長やっている人……？　と疑いたくなる。
　だけどね、明日になればきっとかわいいからカッコいいに変わっているんだよ。
　明日は朔龍に新しい仲間が入ってくるんだってさ。
　統牙もそれを楽しみにしているのがわかる。
　もちろん、あたしも嬉しい。
　だって、１人ぼっちで寂しい思いをしている子たちが来るわけだから、朔龍に入ってその寂しさが少しでも和らぐならとても嬉しいことだと思うから。
　こんな甘えん坊な統牙を誰も知らない。
　知っているのは彼女であるあたしだけ。
　そう思うと頬が緩むのを抑えられなくなる。
　本当に統牙といるだけで幸せな気持ちになれる。
　統牙と出会う前のあたしは、こんな気持ちなんて知りもしなかったよ。
　ずっと、暗闇の中で愛を探し求めていたんだ。
　その中で『俺が愛してやるよ』という声とともに、１つ

の光があたしの暗い世界に差し込んだんだ。
　統牙がいたから……今の自分や家族がある。
　あの日、統牙に出会っていなかったら、あたしは今頃どうしていたのかな？
「早く、来いよ」
「あ、う……ん」
　統牙を抱きしめる前に、あたしは大好きな温もりに包まれた。
「遅い。待てねえ」
　抱きしめたのはもちろん統牙。
　いろいろと思い出していたら時間がたっていたらしく、痺れを切らした統牙は自分から抱きしめてきた。
　そんな強引なところも、出会った頃と何１つ変わっていない。
「統牙……あったかいね」
「んだよ。いきなり」
「……大好きだなって思っただけ」
「はぁ……不意打ちとかずりぃな」
　そんなこと言っている統牙の表情は見えないけど、耳が真っ赤に染まっているのを見ると照れてくれているのかな、と思う。
「俺がなんで何度も、あのビデオレターを見てると思う？」
「えっ……？」
　思いがけない質問に何も言えなかった。
　だって、そんなことを聞かれるなんて思ってもなかった

から。
「もちろん、結実からもらったもんだし、朔龍のみんなからのメッセージもあるからっていうのもあるけど……」
　統牙がゆっくりあたしの体を自分の体から離して、あたしの左頬にそっと触れる。
　優しく目を細めてあたしを愛おしそうに見つめるその瞳は出会った頃の冷たい瞳なんかじゃなくて、愛に溢れた優しい瞳だった。
「けど……？」
「あのビデオレターを初めて見た時、結実は病院にいて危険な状態だった」
　さっきまでは優しい顔をしていたのに今は真剣な瞳に変わっていて落ちついた声で言っているけど、その声からは切なさも感じられた。
　本当は２人でケーキでも食べながら一緒に観る予定だったビデオレター。
　だけど、あたしは統牙を守りたい一心で、頭を鉄パイプで殴られて危険な状態だった。
　後悔はしていない。
　だって、今日も統牙が生きて隣にいてくれているから。
「俺は結実を守れなかった。大切なものをまた失いかけた」
「統牙……」
「自分を恨んだ。……なんでいつも俺は大切な人を守れないんだって」
　今にも泣きそうなくらい表情を辛そうに歪ませる統牙。

妹さんを救えなかったことや、あたしを危険にさらして
しまったことを、たくさん後悔していたんだろうな。
　　でも……。
「違うよ。統牙……あたしは……」
「……わかってる。だから、あのビデオレターを観たあと
に俺……すっげぇ愛されてんな……って思ったんだ」
　　……あたしは統牙が大切だったから。
　　そう言おうとしたけど、統牙はすべてわかっていたよう
で自分の想いを言葉にした。
　　その言葉を聞いた瞬間、なんでかわからないけど瞳から
涙がこぼれ落ちた。
「あのビデオレターを観ると大切な人をもっと大切にした
いって思うし、自分が嫌になった時も支えてくれる人がい
るって思えるから」
「っ……」
　　本当にこの人はズルい。
　　あたしを泣かせる天才かもしれないね。

「泣くなよ……まだ続きがあるし」
　　『泣くなよ』って、そんなこと言っておきながらちゃん
とあたしの頬を伝う涙を親指で拭ってくれる彼は、相変わ
らず優しい人だ。
「でも、やっぱりいちばんに思うことはこんな俺にくれた
愛を俺も返していきたいってことだな」
「統牙は……もうあたしをたくさん愛してくれてるよ」

「俺はまだ愛し足りないんだけど。これからも俺に愛される覚悟はできてるよな？」

　意地悪そうにあたしの目をジッと見つめて言う統牙に、あたしはもう惚れっぱなしだ。

　ドクンドクン、と鼓動が早鐘を打ち始めて……体温が一気に上昇する。

　体が沸騰しそうに熱いよ。

「できてねぇなんて返事は無視だけどな」

　あ……れ？

　なんか……オオカミ統牙になっていない？

　オオカミのような目で、あたしのことを捉えて離さない。

「できてるに決まってるでしょ。あたしを誰だと思ってるの？」

　あたしだって、負けていないんだから。

　統牙のことが好きで好きで仕方ない。

　これからもたくさんこの溢れる愛を統牙にぶつけたい。

「俺の彼女」

　ニコッ、得意げに笑ってあたしの頭を撫でて、あたしの唇に自分の唇を重ねる統牙。

「出かけようぜ」

「えっ？　ほんとに？」

「ああ。出かけたいんだろ？」

　さっき言ったこと……覚えていてくれたんだ。

　かなり時間がたっていたからもう忘れていたと思っていたよ。

「うんっ！」
「場所は俺が決めていい？」
　統牙と出かけられるならどこでもいいかも。
　たくさん、いろいろなところに出かけて２人だけの特別な思い出を作りたい。
「変なところ以外ならね」
　訂正、変なところ以外ならどこでもいい。
　だって統牙と一緒なら、どこへ行っても楽しいし、幸せだと思うから。
「なんだよ、それ」
　呆れながらも当たり前のように、あたしの手を繋いで立ち上がる統牙。
　やっぱり、統牙の手は大きいな……あたしの小さな手とは大違いだ。
「今日はたっぷりかわいがってやるからな」
「う、うん？」
　あたしもソファから立ち上がって、統牙の歩く後ろについていく。
　あたしと統牙は家の鍵とバイクの鍵を持って家を出た。

　駐輪場に置いてあるバイクのところまで２人で手を繋いで、ゆっくりと会話もなしに歩く。
　会話がなくても、統牙の隣はすごく居心地がよくて安心する。
「久しぶりにバイクに乗るけど、自分で乗れるか？」

こうやって、気づかってくれるところも変わっていなくてまた好きが増す。
「大丈夫だよ」
　好きが増していた矢先……。
「お前は、ちゃんと乗れるか心配だな」
　やっぱり、統牙は統牙だった。
　優しくしてくれたと思ったら急に意地悪になるの。
「うるさいっ！　余計な心配は無用！」
　そう言いながら、バイクに乗ろうとするけど久しぶりすぎてなかなか上手く乗れない。
　そんな中、隣からクスクスと笑い声が聞こえてきた。
　ムッとしてそちらに視線を向ければ、統牙が口元を押さえて肩を震わせながら笑っていた。
「もうっ！　笑わないでよ！　気が散る！」
「笑ってなくても乗れねぇだろ。素直に俺を頼れば？」
　笑いながらも意地悪そうな表情を浮かべる統牙。
　自分はスムーズに乗れるからってバカにして……！
　あたしだって、バイクぐらい乗れるんだから！
「いいもん！　統牙なんて頼んないし」
　意地でも乗ってやるんだから。
　前は乗れたんだから今もきっと乗れるはず。
「俺の彼女は意地っ張りだな」
　そんな声が聞こえてきたと思ったら体が宙に浮いた。
　思わず、「えっ？」と驚きの声を漏らすと……。
「まあ、一生懸命バイクに乗ろうとしてるかわいい結実を

見られたから俺は満足してるけど」
　そう言いながら、あたしの体を持ち上げてバイクに乗せてくれた統牙。
　バイクに乗って統牙のほうを見ると、無邪気に笑ってあたしの頭にポスッとヘルメットを被らせた。
「しっかり俺に掴まっとけよ」
　そのセリフに思わずあたしの心はズバッと射抜かれた。
　いつも統牙はサラッとカッコいいことをしてくれるせいで、こっちは予想もできないから胸のドキドキが倍になっちゃうんだよ。
　ヘルメットをしっかりと被って、バイクに乗った統牙の背中に自分の腕を回す。
「統牙の背中、たくましくなったね」
　朔龍の総長になってからの統牙は、少し変わったように思う。
　強くなったのはもちろんだけど、大人数の頭になったわけで、いろいろと問題も起きたりしたけど、ちゃんと1つ1つを統牙の優しさと強さで解決させて、出会った時よりもさらにたくましくなった気がする。
「そうか？」
　ブルルルルッとエンジンのうるさい音が聞こえてくる。
　いつ聞いても慣れないし、うるさい。
　これでも統牙は抑えているほうなんだとは思うけどね。
「そうだよ。男らしさが増した」
「俺は元から男だっつーの」

「そういうことじゃないよ」
　統牙が男の子なんてことは最初からわかっているし、女の子みたいなんて思ったことはない。
　ていうか、こんな強引で俺様な人を女の子って思うはずがない。
　統牙はあたしと話しながらバイクを走らせる。
　風で黒髪が暴れる。でも、そのおかげで風を感じて気持ちがよくなる。
「じゃあ、どういうことだよ」
「出会った時よりカッコよくなった」
「なっ……お前……それ今言うか？」
「言っちゃダメだった？」
　思ったことを口にしただけなのに、なぜか統牙はため息をつくように言葉を発した。
　そんな言い方しなくてもいいのに。
　褒めているんだしさ……。
「ダメだった」
「もう二度と言わない」
　もう一生、統牙のことなんて褒めないもんね。
　褒めてって言われても絶対に褒めてやんないから。
「そんなこと言われたら俺、舞い上がってコケちまう」
「え？」
「結実に言われるカッコいいは特別だから。他の奴に言われても嬉しいけど、お前は別格だ」
　褒めてやんない……なんて思っていたけど、こんな言葉

を聞いちゃうと、たまには褒めてあげようって思っちゃうじゃん。
　統牙は本当にズルい。
　あたしの心をいつもかき乱すんだから。
　こんな恥ずかしいことをサラッと言えてしまう人だからこそ、あたしはいつまでも胸を高鳴らせているんだろうな。
「だって……ほんとに統牙はカッコいいよ。他の女の子に取られないかいつもヒヤヒヤするもん」
　朔龍には女の子もいるから心配になる。
　みんなはあたしが彼女だということを知っているけど、心の中では統牙を好きだったりするかもしれない。
　だって統牙だもん。
　仲間思いで強引で俺様だけど優しくて……モテるのも無理はない。
「俺は結実以上の女なんて……この世にいないと思ってるから」
「また……そうやって……」
　統牙のセリフは、いちいちカッコよすぎるんだよ。
　しかもストレートに言うから、こっちは心臓がいくつあっても足りないくらい。
「好きなんだからいいだろ。俺は素直に結実に愛を伝えていきたい」
　統牙の声はとても真剣で、嘘を言っているなんて思えなかった。
　すごく溺愛されているなぁ……と感じるのは今も変わっ

ていない。
「……ありがと」
「おう」
　統牙の背中にそっと頭を当てる。
　このたくましい背中には、たくさんの悲しみがあるんだもんね。
　少しでもその悲しみを、あたしが癒してあげられたらいいな。
　妹さんも、こんなにカッコいいお兄ちゃんを持って誇りだったんだろうね。
　だって、そうじゃなきゃ……最後の言葉にあんなこと言わないもん。
　大丈夫だよ、統牙。
　あたしはいなくならないから。
　……統牙、大好きだよ。
「お前も卒業だな」
「いや、卒業って言っても３年になったばっかりだよ」
「細かいこと言うんじゃねぇよ」
　だって、事実だもん。
　別に卒業したくないと思っているわけではないし、どっちでもいいんだけど。
「それは失礼しました」
　どうせここで訂正しても、俺様な統牙のことだから『うるせぇ、生意気なことばっか言うな』とか言って、あとが怖いから言わない。

へへっ！　あたしだって統牙のことはいろいろと学習しているんだからね！
「なあ……、卒業したらどうすんの？」
「大学に進学するつもりだよ」
　最近。統牙と結婚して幸せな家庭を築くこと以外にも夢ができたんだ。
　もちろん、1番の夢は統牙とのことだけど……2番目は心理カウンセラーになること。
　心の悩みを抱えている人の手助けがしたくて……統牙があたしを救ってくれたように、あたしも誰かを救えるような人になりたいと思ったから。
　まあ、そんなの恥ずかしくて統牙には言えていないんだけど。
「ふーん。なんかなりたいもんでもあんの？」
「一応、あるけど……」
「何？」
「まだ恥ずかしいから言わない」
　統牙がいてくれたからできた夢……だなんて、まだ恥ずかしくて言えないよ。
　でも、いつかちゃんと言うからその時まで待っていて。
「んだよ、それ。焦らすなよなー」
「別に焦らしてなんてないし」
「結実のくせに焦らすとかムカつく」
　そんなことを言いながらもこれ以上しつこく聞いてこようとはしないのは、統牙の優しさだ。

きっと、あたしのことを信じてくれている証拠。
　こんな些細なことで好きが募っていく。
「ていうか、どこ行くの？」
「秘密」
「なっ……！　教えてよ！　どこに行くかぐらい教えてくれてもいいじゃん！」
　結局、最後まで統牙はどこへ行くか教えてくれなくて、あたしは黙って統牙の背中にギュッと力を込めた。

「ついたぞ」
　そう言われて顔を上げたあたしは驚いた。
　だって、そこはあたしが統牙にすべてを打ち明けた場所である海だったから。
「え、なんでここに……？」
「大事な話がある時は、やっぱここに来なくちゃな」
　そう言いながら、ヘルメットを脱いであたしの手を引きながら歩き出した統牙。
　大事な話って……何？
　そんな疑問を抱きつつ、目の前に広がるどこまでも澄み渡る青を目に焼きつけながら……あたしは思い出に浸っていた。
　朝早くからここに来て統牙と一緒に朝日を見て、家族のことを打ち明けたんだ。
　それから本当にいろいろなことがあったし、ケンカだって数えきれないくらいしたけど、そのたびに２人で乗り越

え絆を深めてきた。
　この先、どんなことがあっても最終的に行きつくところは統牙の隣なんだろうな。
　あたしたちは砂浜に座ると、身を寄せ合ってあの時と同じように統牙の肩に頭をちょこんと乗せて海を眺める。
「なぁ……」
「何？」
「結実が大学を卒業したら、結婚しよう」
　そう言って、統牙は指輪の入った箱をあたしの前に差し出した。
「え？」
　突然のことで、頭が真っ白になる。
　だって、まさかそんなこと言われるなんて思ってもいなかったから。
「だから、今は自分の将来の夢を叶えるために頑張れ」
　統牙の優しくて温かい言葉に思わず涙がこぼれ落ちた。
「統牙……」
「結実をちゃんと守っていけるような男になれるように俺も頑張るからさ」
　統牙はそう言いながら優しく微笑むと、あたしの頭をそっと撫でた。
　統牙が応援してくれるなら、なんでも頑張れそうな気がするよ。
「この指輪はそれまでの男除けだかんな」
　そんなことを言いながら、あたしの左手の薬指に指輪を

はめてくれた。
「結実、愛してる」
　そして最愛の人からの言葉を聞きながら、あたしはそっと目を閉じ、どちらからともなく唇を重ねた。
　いつか、統牙とあたしの夢が叶いますように。
　そう、願いを込めて。

END

あとがき

このたびは、数ある作品の中から『俺が愛してやるよ。』を手に取っていただき、ありがとうございます!
いつも応援してくださる皆さまのおかげで、2冊目を出版させていただけることになりました。

さて、この作品のテーマは"愛"です。
結実と統牙は辛い現実や過去を背負っていましたが、そんな2人が愛し合い、成長していく姿を楽しんでいただけたでしょうか?

私は過去に、自分はいらないのではないか、愛されていないんじゃないか、と思ってしまうことがありました。
ですが、今思えば、それはただの思い込みで、私のまわりにはなんだかんだいっても温かく見守ってくれる家族や優しく支えてくれる友人がいます。
その時に、私はこの世には愛されていない人はいないのではないかと思い、この作品を書きました。
誰もがきっと誰かの大切な人で、気づいていないだけで愛されているのです。

愛されていることは心で感じられますが、思っているだけでは人には伝わらないことのほうが多いと思います。

だから、後悔する前にたまには素直になって大切な人に自分の想いを伝えてみるのもいいかもしれません。

　恋人同士の愛、家族の愛、仲間の愛。
　この作品に詰め込んだたくさんの"愛"を少しでも感じていただき、楽しんでいただけたら幸いです。
　私自身、とても思い入れのある作品なので、それがこのように形になって皆さまに届けることができて本当にありがたい気持ちでいっぱいです。

　最後になりましたが、二度もこのような素敵な機会を与えてくださったスターツ出版の長井さまはじめ、関係者の皆さま、いつも優しく適切なアドバイスをくださる担当の酒井さま、とてもかわいく素敵な表紙を描いてくださった七都サマコさま、この作品に携わってくださったすべての方々に心より感謝を申し上げます。
　本当にありがとうございました！

　皆さまに最大級の愛と感謝を込めて。

2018.7.25　ＳＥＡ

この物語はフィクションです。
実在の人物、団体等とは一切関係がありません。

SEA先生への
ファンレターのあて先

〒104-0031
東京都中央区京橋1-3-1
八重洲口大栄ビル7F

スターツ出版(株)書籍編集部 気付

SEA先生

KEITAI
SHOUSETSU
BUNKO
SINCE 2009

俺が愛してやるよ。

2018年7月25日　初版第1刷発行

著　者　SEA
　　　　©SEA 2018

発行人　松島滋

デザイン　カバー　金子歩未（hive&co.,ltd.）
　　　　　フォーマット　黒門ビリー&フラミンゴスタジオ

DTP　朝日メディアインターナショナル株式会社

編　集　長井泉　酒井久美子

発行所　スターツ出版株式会社
　　　　〒104-0031 東京都中央区京橋1-3-1　八重洲口大栄ビル7F
　　　　TEL 販売部03-6202-0386（ご注文等に関するお問い合わせ）
　　　　http://starts-pub.jp/

印刷所　共同印刷株式会社
Printed in Japan

乱丁・落丁などの不良品はお取り替えいたします。上記販売部までお問い合わせください。
本書を無断で複写することは、著作権法により禁じられています。
定価はカバーに記載されています。

ISBN 978-4-8137-0495-9　C0193

ケータイ小説文庫　2018年7月発売

『俺が愛してやるよ。』SEA・著

複雑な家庭環境や学校での嫌がらせ…。家にも学校にも居場所がない高2の結実は、街をさまよっているところを暴走族の少年・統牙に助けられ、2人は一緒に暮らしはじめる。やがて2人は付き合いはじめ、ラブラブな毎日を過ごすはずが、統牙と敵対するチームに結実も狙われるようになり…。
ISBN978-4-8137-0495-9
定価:本体 570 円＋税

ピンクレーベル

『みんなには、内緒だよ？』嶺央(なお)・著

高校生のなごみは、大人気モデルの七瀬の大ファン。そんな彼が、同じクラスに転校してきた。ある日、見た目も性格も抜群な彼の、無気力でワガママな本性を知ってしまう。さらに、七瀬に「言うことを聞け」とドキドキな命令をされてしまい…。第2回野いちご大賞りぼん賞受賞作！
ISBN978-4-8137-0494-2
定価:本体 590 円＋税

ピンクレーベル

『あのとき離した手を、また繋いで。』晴虹(はるな)・著

転校先で美人な見た目から、孤立していたモナ。両親の離婚も重なり、心を閉ざしていた。そんなモナに毎日話しかけてきたのは、クラスでも人気者の夏希。お互いを知る内に惹かれ合い、付き合うことに。しかし、夏希には彼に想いをよせる、病気をかかえた幼なじみがいて…。
ISBN978-4-8137-0497-3
定価:本体 570 円＋税

ブルーレーベル

『僕は君に夏をあげたかった。』清水(しみず)きり・著

家にも学校にも居場所がない麻衣子は、16歳の夏の間だけ、海辺にある祖父の家で暮らすことに。そこで再会したのは、初恋の相手・夏だった。2人は想いを通じ合わせるけれど、病と闘う夏に残された時間はわずかで…。大切な人との再会と別れを経験し、成長していく主人公を描いた純愛ストーリー。
ISBN978-4-8137-0496-6
定価:本体 560 円＋税

ブルーレーベル

書店店頭にご希望の本がない場合は、
書店にてご注文いただけます。